Entretiens avec le professeur Y

Y 교수와의 대담

Y 교수와의 대담

발행일	2016년 3월 24일 초판 1쇄
	2022년 4월 27일 개정판 1쇄
지은이	루이페르디낭 셀린
옮긴이	이주환
기획	김마리·김보미·김영수·김현우·김희윤
	박술·박효숙·장지은·최성경·최성웅
편집	이해임·김준섭·최은지
디자인	남수빈
제작	영신사
홍보	김수진

© 이주환·인다, 2021

펴낸곳	인다
등록	제300-2015-43호. 2015년 3월 11일
주소	(04035) 서울시 마포구 양화로11길 64 401호
전화	02-6494-2001
팩스	0303-3442-0305
홈페이지	itta.co.kr
이메일	contact@itta.co.kr

ISBN 979-11-89433-50-5 04800
ISBN 979-11-89433-47-5 (세트)

Entretiens avec le professeur Y

Y 교수와의 대담

Louis-Ferdinand Céline

루이페르디낭 셀린 지음   이주환 옮김

일러두기

1. 이 책은 Louis-Ferdinand Céline, *Entretiens avec le professeur Y* (Éditions Gallimard, 1955)를 우리말로 옮긴 것이다.
2. 본문의 주는 모두 옮긴이의 것이다.
3. 맞춤법과 외래어 표기는 국립국어원 규정을 따랐다. 단, 일부 외래어 표기는 원어의 느낌을 살리기 위해 다른 표현으로 대체했다.
4. 저자의 표현을 살리기 위해 원문의 문장 부호를 그대로 실었다.

실상은, 그러니까, 아주 간단히 말해, 출판사가 매우 심각한 판매 부진을 겪고 있다는 겁니다. 출판 부수가 1,000,000권 이네 40,000권이네 하는 얘기에서 단 하나의 '0'자도 믿지 마세요! 아니 400권 찍었다는 말조차 의심스럽습니다... 사기예요! 저런... 저런! 오직 〈프레스 뒤 쾨르〉[1] 정도가... 쳇!... 그 정도가 그럭저럭 팔리고... 그 외에는 〈세리 누아르〉, 〈세리 블렘므〉[2] 정도가 근근이 팔리지요... 사실, 더는 책 한 권이 안 팔립니다... 이건 심각한 상황이에요! 영화, 텔레비전, 생활용품, 스쿠터, 그리고 자가용! 2마력, 4마력, 6마력짜리 자가용들이, 책에 대하여 어마어마한 잘못을 저지르고 있습니다... "할부" 판매되는 모든 것들, 그렇지! 그리고 "주말" 여

---

1 '프레스 뒤 쾨르Presse du coeur'는 여성 독자층을 겨냥한 로맨스 소설을 이르는 총 칭이며, 전후 프랑스에서 유행했다.
2 '세리 누아르Série noire'와 '세리 블렘므Série blême' 모두 탐정 소설 총서의 이름 이다.

행 상품들! 한 달에 두세 번씩 있는 그놈의 바캉스며... 룰루
랄라 떠나는 크루즈 여행까지! 안녕, 쥐꼬리만 한 예산이여!...
보세요 이게 다 빚이라고요!... 더는 동전 한 푼 없어요!... 그
러고서 이제, 책을 한 권 산다고요!... 캠핑카 한 대를 더 사
요? 또 삽니까!... 그런데 한 권의 책은요? 그건 빌리면 되는
물건이었지요!... 한 권의 책은, 다들 아는 얘기죠, 적어도 스
물에서 스물다섯 명 정도의 독자들에게 읽힙니다... 아, 그런
데 만약, 빵 한 덩이나 햄 한 쪼가리가, 책과 마찬가지로, 스
물에서 스물다섯의 소비자를 먹인다고 생각해 보세요! 이
게 무슨 횡재인가 하겠죠!... 빵이 불어나는 기적은 여러분
을 황홀하게 합니다. 그런데 책이 불어나는 기적은, 그러니
결국 무상으로 제공되는 작가의 노고라는 기적은, 기정사실
처럼 받아들여지고 있어요. 이 기적은 세상에서 가장 조용하
게, 어느 "아수라장"에서, 아니면 좀 더 점잖게는, 곳곳에 있
는 서재에서, 그리고 기타 등등의, 기타 등등의 장소에서 일
어나고 있습니다... 그런데 이 기적이 어디서 일어나든 간에
작가들은 빈 깡통만 차요. 이게 요점입니다! 사람들은 작가
라는 사람이, 모르긴 몰라도 상당한 자산가이거나, 풍족한
연금 혜택을 받고 있거나, (사실이라면 이건 핵융합 반응의
발견보다도 더욱 대단한 일인데) 먹지 않고도 살아가는 비
법을 알아낸 사람이겠거니 생각한단 말입니다. 그런데 지체
높으신 분들은(선취권을 가진 채권자시며, 파산자들의 재산

으로 배가 부른 양반들 얘기입니다) 모두 당신에게 다음 이야기를, 재론의 여지가 없는 사실처럼, 어떤 악의도 없이 설파할 것입니다. 오직 비참만이 천재를 개화시키며... 예술가에게는 고통이 어울린다오!... 그것도 아주 많이 고통스러워야 하오!... 아주 많이, 그리고 더, 더욱 괴롭게!... 왜냐하면 예술가들은 오직 고통 속에서만 작품을 낳기 때문에!... **고통**이란 예술가의 스승이지요!*[3]*...(소클 씨가 이렇게 말합디다)... 더군다나, 사람들은 모두 감옥이 예술가에게 어떤 악영향도 끼치지 않는다는 사실을 알고 있어요... 오히려 그 반대지요!... 모두가 알고 있습니다, 진정한 예술가의 진정한 인생이란 짧든 길든 감옥과의 숨바꼭질에 지나지 않는다는 것을, 그리고 단두대야말로, 겉보기에는 흉측한 물건이지만, 단두대야말로 완벽하게 예술가를 대접한다는 사실을... 말하자면 단두대가 예술가를 기다리고 있는 것이죠! 단두대를 피해간 모든 예술가들은(원하신다면 처형용 말뚝을 피해갔다고 합시다), 40여 년쯤 지난 뒤에는, 한낱 재담가로 간주될 수가 있지요... 예술가는, 대중으로부터 부각된 존재고, 혼자 튀었기 때문에, 그가 본보기로 처벌받는 것은 자연스럽고 당연한 일이라 할 수 있습니다... 이미 창문이란 창문은 전부 고가에

---

3   19세기 프랑스 낭만주의 작가인 알프레드 드 뮈세Alfred de Musset의 장시 〈10월의 밤La nuit d'octobre〉의 한 구절이다.

임대되었습니다, 예술가의 처형을 구경하기 위해서지요.[4] 그가 마침내 표정을 일그러뜨리는 것을, 진심으로 찌푸리는 것을 보기 위해서지요! 또 예를 들면... 군중들은 일찌감치 콩코르드 광장의 나무들을 몽땅 뽑아놓습니다. 그러면 튈르리에는 널찍한 공터가 생긴단 말입니다! 더 잘 들여다보기 위해서지요, 처형인이 예술가의 목을 천천히, 아주 천천히, 조그마한 주머니칼로 잘라갈 때, 예술가의 얼굴이 우스꽝스럽게 일그러지는 모습을... 광대의 최후라는 것은, 사람들이 기대하는 그의 마지막 모습이란 것은, 그냥 광대 짓이 아닙니다, 그건 미적지근한 볼거리에 지나지 않아요! 사람들은 광대의 몸이 고문 틀에 묶이길 바랍니다! 아니면 처형용 바퀴[5]에 매달리거나! 그리고 그가 거기서 4시간이고 5시간이고 울부짖기를 기대하는 것입니다... 이것이 작가를 위해 마련된 운명이에요! 광대도 마찬가지죠! 당연합니다!... 정성스레 마련된, 그러한 운명에서 벗어나려면, 작가는 교활해지거나, 비굴해지거나, 사기를 치거나 해야 합니다. 아니면 대단하든 대단치 않든 학계의 누군가... 또는 교계의... 아니면 정치계의 누구로부터 비호를 받아야지요... 불안한 피난처들이 많기도 참 많습니다!... 환상을 가져서는 안 돼요! 소위 "피난처"라

<hr>

4 프랑스 혁명 당시, 군중들이 공개 처형을 구경하기 위해 단두대가 설치된 광장의 인근 아파트 창문들을 임대했다는 사실을 참조하고 있다.
5 거열형을 집행할 때 사용하던 바퀴를 말한다.

고 불리는 것들이 얼마나 자주 미덥지 못한지요... "약속"이란 것도 그러하고... 맙소사! 맙소사!... 심지어는 손에 서너 장의 "카드"를 쥐고 있는 사람들도 마찬가지랍니다! 얼마나 많은 이들이 **악마**와 손을 잡는지!

요컨대, 잘 보시면 알겠지만, 많은 작가들이 궁핍 속에서 생을 마감하는 반면, 다리 밑에서 노숙하는 편집자는 찾아보기 힘듭니다... 얄궂지 않습니까?... 어느 날, 나는 이 같은 이야기를 가스통에게도 들려주었습니다, 가스통 갈리마르[6] 말입니다... 가스통은, 아시다시피, 유능한 사람이지요!... 그는 나에 관한 이야기를 하다가, 내가, 내게 그토록 많은 잘못을 저지르고 있는, 나를 둘러싼 침묵을 깨트리려는 시도를 해야 하겠다는 결론을 내렸습니다! 침묵을 깨야 한다는 것입니다! 한 방에! 사람들이 나의 천재를 인정하게끔, 은거를 깨고 뛰쳐나와야 한다는 것입니다...

"그럼요!"

나는 말했습니다.

"자네는 일하는 법을 몰라!"라고 그는 결론 내립니다... 그는 조금도 나를 비난하지 않았습니다만... 그래도 어쨌거나!... 그는 예술의 후원자입니다. 다들 알지요, 가스통은 예술의 후원자라고... 하지만 그는 장사꾼이기도 합니다. 가스통은

---

6 가스통 갈리마르Gaston Gallimard, 1881~1975는 프랑스의 출판사 갈리마르의 창립자이며, 앙드레 지드 등과 함께 문예평론지《신프랑스평론N. R. F.》을 창간했다.

장사꾼이에요... 나는 그에게 폐를 끼치고 싶지 않았습니다...
나는 부랴부랴, 1분 1초도 낭비하지 않고, "일하는 법"을 따
를 만한 재능이 내게 있는지 살폈습니다... 생각해 보세요, 나
처럼 학구적인 사람이, "일하다"라는 표현의 저의를 살피게
되었을 때!... 나는 즉시 한 가지를! 무엇보다도 중요한 것을!
다음과 같은 사실을 깨달았습니다. "일을 한다"는 것은 라
디오에 출연하는 것이었어요... 만사 제쳐두고!... 라디오에서
횡설수설하는 일! 저런! 무슨 내용이라도 상관없어요!... 다
만 라디오에서 자기 이름이, 정확한 발음으로, 백 번이고! 천
번이고! 흘러나오게끔 하는 거예요! 당신 자신을 "거품이
잘 나는 비누"나... "날 없는 가투이야Gatouillat 면도기", 또는
"천재 작가 일리지Illisy"처럼 만드는 거죠! 같은 소스를 쳐서,
같은 방식으로 요리하면 되는 일이에요! 마이크를 내려놓으
면 바로 영상 촬영에 들어가야 합니다! 구구절절 찍어야 해
요! 당신의 유년기, 당신의 사춘기, 당신의 중년, 당신 인생의
가장 사소한 우여곡절까지 촬영을 하는 것이죠... 그리고 촬
영이 끝나면, 전화 돌리기입니다! 모든 기자들이 다시 한번
당신에게 주의를 기울이게끔 해야 돼요. 그러면 당신은, 왜
당신이 당신의 유년기, 당신의 사춘기, 당신의 중년을 찍게 되
었는지에 대해 설명해야 하고... 그러고 나서 당신 사진을 또
다시 찍어가게 해야 하고... 그게 잡지에, 더 많은 잡지에 게재
되게끔 하는 거죠!... 나는, 그죠, 내 얘기를 하자면 난 이미

한번 저·끔찍하게 혼란스러운 과정 속에 참여해 봤습니다!...
내 인생의 이런 부분은 정당화해야 하지 않나?... 저런 부분
은 찬양해야 하는 거 아닌가?... 그러나 우리의 저널리스트들
이, 얼마 지나지 않아, 나를 완전히 낙담케 했지요.

"자네는 자기 얼굴도 안 보나, 페르디낭? 미친 겐가? 어째
서 텔레비전에 나가지 않지? 자네 얼굴을 갖고? 자네 목소리
를 갖고? 자네는 자기 목소리를 들어본 적이 없나?... 거울에
스스로 비춰본 적이 없어? 자네 모습이 얼마나 웃긴데!"

나는 거울을 자주 들여다보지 않습니다, 그 말은 정확했
어요, 그리고 간간이라도 내가 거울을 볼 때면, 세월이 지남
에 따라, 번번이 내 얼굴이 더, 더, 못나지는 것을 알게 되었습
니다... 그건 어쨌든 아버지의 견해이기도 했어요... 아버지는
나를 끔찍하게 봤었지요... 내게 수염을 길러보라고도 했었
어요...

"하지만 아들아, 수염 기르는 일도 제법 귀찮단 말이다! 그
런데 너는 돼지처럼 게으르지! 그저 넌 역겨운 냄새나 풍기
게 될 것이다!"

라고 아버지는 결론 내렸습니다... 내 목소리에 대해서는,
나는 내 목소리를 알지요... "불이야!" 하고 외치기에는 내
목소리도 쓸만합니다! 하지만 나는 이 목소리에 매력까지 바
라지는 않을 겁니다... 요컨대, 나는 들어줄 만하지도, 봐줄
만하지도 않다는 거죠!... 그러한 사실을 가스통에게 고백하

지는 않았습니다... 대신 폴랑[7]에게 달려가 이렇게 얘기했어요... 비공식 편집장 폴랑[8] 말입니다...

"폴랑 씨, 내가 인터뷰를 하면 어떻겠습니까? 아니면 당신이 나를 인터뷰하는 겁니다! "인터뷰" 정도면 나쁘지 않지 않겠어요? 그걸로 가스통을 만족시킬 수도 있지 않을까요? 그는 내가 "일하기"를 바란단 말입니다! 인터뷰라면, "큰일" 아닙니까? 그렇죠? 당신이 내 인터뷰를 당신의 "카이에 앙티크 앙티크"[9] 시리즈 중 하나로 끼워 넣는 겁니다, 그러면 그 시리즈에 사알짝 자극이 될 거예요... 나쁘지 않을 겁니다!"

폴랑은 그럭저럭 동의하는 것 같았습니다... 의욕을 보였어요... 하지만 그는 바쁘신 몸이라... 몇 달 동안의 일정이 이미 잡혀 있었어요! 그리고 그 일들이 끝나면 폴랑은 다시 온천 치료를 받으러 떠나는 것이었습니다... 갈리마르 출판사의 누군가와 약속을 잡는다는 일은 언제나 엄청나게 힘든 일이에요... 그 사람들은 온천 치료를 받으러 가고 있거나, 거기서 돌아오는 중이지요... 설령 그들이 돌아왔다 하더라도, 그들에게는 부재중 쌓인 편지들이 너무 많아서, 답장을 쓰는 데

---

7 장 폴랑 Jean Paulhan은 프랑스의 작가, 비평가, 편집자이다. 《신프랑스평론》의 운영에 깊이 관여했으며, 1963~1968년에는 아카데미 프랑세즈(프랑스 한림원)의 구성원을 역임했다.

8 폴랑은 《신프랑스평론》의 편집장이 되기 전 '비공식'적으로 편집장 업무를 수행했다.

9 '고전-고전-지'라는 동어반복으로, 폴랑의 주도로 잠시 발행되었던 《신-신-프랑스평론 *La Nouvelle Nouvelle Revue Française, La Nouvelle N. R. F.*》에 대한 패러디이다.

만 몇 달이 걸린답니다... 답장을 받아 적게 하고, 다시 받아 적게 하고... 그러고 그 모든 편지를 봉해, 우표까지 붙이고 나면, 체력이 바닥나 뻗어버리는 겁니다... 그러면 다시 온천 치료를 받으러 떠나고... 그 양반들, 그러니까 가스통 갈리마르 휘하 간부급 인원들은 모두, 빈 시간이 없어요... 이해가 안 되시나 보군요... 바보 같은 질문이나 해대고... 당신은 아무짝에도 쓸모없는, 쓰잘머리 없는 인간이에요! 게으른 작가지요! 출판계의 기생충! 꿈을 꾸고 있군요, 봐봐요!.. 당신 꿈꾸고 있군요!... 당신은 현실을 놓치고 있어요... 현실은 어떤가 하면, 폴랑의 문제는, 그가 또!... 또다시... 크루즈 여행을 떠나야 한다는 것이었어요... 나는 다른 공모자를 찾아야 했습니다... 온천 여행을 떠나지 않은, 아직 남아 있는 인터뷰어를요!... 그리고 나는 한 사람을 찾아냈습니다! 그리고 두 번째 사람을 찾아냈고... 세 번째 사람을!... 그리고 열 번째 사람을 찾아냈어요!... 모두 대단히 유능했고... 의욕이 있었습니다만, 다음과 같은 조건부 수락이었습니다. 자신들을 내 못된 짓거리에 끌어들이지 않는다!... 자신들을 인용하지 않는다!... 인터뷰어직은 수락하되, "가명"으로 한다!...

　물론 그들의 신중함이야 십분 이해하는 바입니다... 그런데 이를 어쩌나! 사람들은 결코 '충분히' 신중하지는 않아요! 결국은 후보가 쉰 명씩이나 되더군요! 고르기 난감했습니다!... 누구의 자존심도 긁고 싶지 않았거든요... 그래서 어찌나 난처하던지!… 어떤 이들은 지나치게 말이 많고!… 또 다른 이들은 너무 이것저것 따지려 들고!… 결국 나는, 그쪽이 더 나은 선택이었어요, 어쨌든 나는, 내게 철저하게 적대적이면서, 음험하고도 의심 많은 인물을 한 명 찾아냈습니다. 그는 내 집으로 오는 걸 원하지 않았고, 내가 그의 집으로 가는 것도 원치 않았습니다… 그는 약속 장소를, 사람들이 우리를 알아보지 못하고 스쳐 지나갈, 그런 공공장소 중에서 고르길 원했어요.

"좋습니다!" 내가 그에게 답했습니다… "당신 마음에 드는 장소를 고르세요!"

"그럼 공예 공원[10]에서 뵙지요!"

나는 공예 공원을 대단히 좋아합니다… 그 공원에 아주 오래된 추억들을 갖고 있지요… 이제 당신에게 내 인터뷰어, Y 교수를 소개합니다. 우리는 이제 공예 공원의 한 벤치에 자리를 잡았습니다, 내 오른편에 앉은 Y 교수는… 사방을 힐끔힐끔 훔쳐보고는… 참 정신 사나운 모습이었어요… 왼쪽을 훔쳐보고! 오른쪽을 훔쳐보고!… 뒤쪽을 훔쳐보고!… 시간은 11시였습니다, 오전 11시, 약속 시간은 사실 이때였어요… 나, 나는 10시 반에 도착해 있었습니다!… 당연하죠!… 약속 시

---

10 현재 정식 명칭은 에밀쇼탕 공원Square Émile-Chautemps이며, 프랑스 국립 공예원 Conservatoire Nationale des Arts et Métiers의 정문을 면하고 있는 곳이다. 프랑스어 'square'는 '광장'이 아니라 19세기 중반부터 파리에 조성된, 대개 철책으로 둘러싸인 소규모 공원을 일컫는다.

간보다 한참 일찍 도착해 있는 것은, 의심 많은 사람들의 일상적인 전술입니다. 미리 약속 장소 주변을 킁킁거리며 냄새 맡고자 하는 사람들 말이에요... 전날 밤에는 약속 장소에 도착해야 하는데, 왜냐하면 그래야 할 정도로 인간들은 너무 못됐단 말입니다... 그리고 마침내! 좋습니다! 좋아요! Y와 내가 여기 있습니다!... 나는 그가 질문을 던지기를 기다렸습니다... 그게 약속된 바죠. 그런데! 아무 질문이 없어요! 그는 그 벤치에, 내 옆에 앉아, 그저 묵묵히 앉아만 있었습니다!... 이럴 줄 알았더라면 다른 무뚝뚝이를 초빙했을 거예요!... 후보가 없지도 않았는데!... 다른 사람 같았으면 몇 마디 가르릉거리기라도 했을 텐데... 그런데 Y처럼 한마디 말도 없는 적대자라니, 이건 좀 치사합니다!

"당신 정말이지 귀여운 구석이 없군요! Y 교수님!"

내가 한마디 했습니다.

"우린 지금 인터뷰하러 온 거예요! 아무도 당신을 납치하러 오지 않습니다! 겁먹지 마세요! 당신이 내게 아무런 질문도 하지 않는데, 어떻게 내가 거드름 피우며 답하기를, 내가 "일을 하기"를 바랄 수 있겠어요? 가스통을 생각하세요!"

이 대목에서 나는 Y 교수가 펄쩍 뛰는 것을 보았습니다! 가스통의 이름이 그를 벌벌 떨게 하는 것을 보았어요! 그는 좌우로 힐끔거리는 짓을 멈췄습니다...

"가스통!... 가스통!..."

이라며 그는 중얼거렸습니다... Y 교수에게는, 그 역시도, 학위 소지자이며, 교수 자격증 소지자이며, 안경을 썼거나 쓰지 않은, 그러한 수많은 다른 선생들과 마찬가지로, 불가피하게,《신프랑스평론》에서 "검토 중"인 원고가 있었습니다. 선생님들은 대개《신프랑스평론》에 계류 중인 자신만의 공쿠르상 후보를 갖고 있어요... 당신은 아마 이렇게 말하겠지요, "그런 작품은 눈에 띄는 법이잖소!..." 하지만 그들이 발표하는 작품들은, 더 이상 소설이 아니라, 수북한 작문 숙제들일 뿐이에요!... 풍자적 작문 숙제, 고고학적 작문 숙제, 프루스트풍의 숙제, 두서없는 숙제, 숙제, 숙제들! 노벨상을 수상한 숙제... 반-반인종주의적 작문 숙제들! 작은 상을 받은 숙제들! 큰 상을 받은 숙제들!... 플레이아드[11]판으로 나온 숙제들! 숙제들!... Y 교수 역시, 분명,《신프랑스평론》지하 창고에서 몇 해 동안을, 가스통이 꺼내주기만을, 그가 대충이라도 읽어주기만을 바라며, 잠들어 있는, 자기 작문 숙제가 있는 것이었어요. 그런데 가스통이, 사람들이 그에게 붙여준 "상어"라는 별명대로, 탐욕스럽게 다른 출판사들을 집어삼키고 있는 그 가스통이, 일하는 모습은 또 플랑크톤처럼 얼마나 묵묵한지! 가스통! 오, 그는 그리 읽고도 지치지를 않는다니까요!... 그가 자동차처럼 마구 들이받는 모습을 좀 봐

---

11 갈리마르에서 발간하는 비평판 전집의 이름. 해당 작가에 대한 당대 최고의 전문가로 손꼽히는 인물이 전반적인 편집과 주해를 책임지기 때문에 신뢰도가 높다.

야 해요!... 정말로 "고품격 호화찬란"의... 진짜 상어처럼 질주하는 차란 말입니다... 자동차 라디에이터처럼 생긴 이빨하며... 기름칠한 듯 번쩍거리는, 단단하고 멋진 몸뚱이하며!... 끝내주지요!... Y 교수와 그의 작문 숙제는 감히 그런 인간과 맞부딪쳐야 하는 것이었어요!... 선생들이 하나같이 무슨 무슨 "풍으로" 헉헉거리며 써 내려가는 걸 보는 게 참 애처롭습니다... 그들은 어쩔 수 없이 서로 베끼는 거예요... 그분들은 수업에 너무 자주 들어갔어요... 수업에 들어가 있는 것이 그들 직업이죠... 그런데 수업 시간에 우리가 뭘 배웁니까? 서로 닮는 법을, 그러고서는 서로 베끼는 법을 배우잖아요... 공쿠르상을 받고 싶어 하는 모든 작가들은 서로 베껴댑니다, 어쩔 수 없는 일이에요!... 그들의 작품은, 이런저런 미술전이 있을 때마다 우르르 출품되는 그림들과 꼭 닮은 꼴로, 정체되었고, 서로 닮았고, 지루하고, 엇비슷합니다... 미술전 금상작이나, 공쿠르 수상작이나, 한쪽은 엉성한 그림이고 다른 쪽은 막 휘갈긴 잡소린데도... 그게 사람들을 퍽 행복케 한다지요! 그래서 Y는 그 벤치에 앉아, 내 곁에서, 자기 거지 같은 원고로, 금상을, "공쿠르"를 받을 생각에 푹 빠져 있던 것이죠! '가스통이 한 번만 눈길을 던져준다면, 가스통이 한마디만 건네준다면!'

　"그러니까 Y 씨, 좀 분발해 보시라고요! 부탁합니다! 우리는 가스통을 위해 일하고 있는 거예요!"

라고 내가 말합니다...

"당신이 날 인터뷰하지 않으면... 날 지적인 방식으로 인터뷰하지 않는다면 말이죠... 당신 돌아가는 길이 참 볼만할 겁니다!... 당신은 바로 그 가스통을 만나러 갈 거란 말이죠! 그가 당신의 공쿠르를 내팽개치면 어떡합니까! 그럼 당신의 "냉장고"는 어째요!... 당신의 이탈리아 여행은 어쩌고요!... 당신의 "크레도" 청소기는 어쩔 겁니까!... Y 부인께서 꽤나 비웃을 겁니다, 자기가 대단한 밥벌레를 남편으로 됐다고요!"

나는 그의 얼굴이 시뻘게지는 걸 봅니다!... 내가 그의 주의력을 되살렸다고 할 수 있겠죠! 그는 더 이상 우로도, 좌로도 힐끗거리지 않습니다!...

"그!... 그러면!... 그... 그래요, 시작합시다! 셀린 씨!... 하지만 절대로, 정치 얘기는 안 됩니다! 정치는 안 돼요!..."

"걱정 마세요!... 오, 아무 걱정 마세요! 정치란 건 분노지요!... 그리고 분노란, Y 교수님, 분노란 칠죄종七罪宗의 하나라고요! 잊지 마세요! 분노에 사로잡힌 이는 바보짓을 저지르고 맙니다! 그런 뒤에 갖가지 분노가 그의 몸을 꿰뚫지요! 그를 찢어발기지요! 그게 정의입니다!... 나는, 그렇지 않습니까, Y 교수님, 나는 다시는 그런 실수를 안 할 겁니다! 맹세코! 절대로!"

"그렇다면 철학적 토론 같은 건 어떻게 생각합니까?... 할 수 있겠어요?... 가령, "자아soi"의 변모가 시간의 흐름에 따라 가져오는 변화들에 관하여 토론한다거나..."

"아, 선생님, 나는 물론 당신을 존중해 드리고 싶고, 다른 모든 것들에 대해서도 존중하고 싶습니다. 하지만 이거 한마디는 분명히 말씀드리죠, 그런 건 내 관심 밖입니다!... 내게는 관념이라는 게 없어요! 아무것도 없어요! 그리고 내 생각에, 관념이란 것보다 더 천박하고, 진부하고, 역겨운 것도 없습니다! 도서관마다, 그리고 카페테라스마다, 관념들로 꽉 차 있어요!... 무력한 사람들이... 그리고 철학자들이!... 관념을 곱씹어대지요... 관념이란 거... 그게 그들의 산업입니다!... 그들은 관념을 갖고 젊은이들에게 허세를 부리지요! 그들은 젊은이들의 포주 노릇을 하려 들어요!... 젊은이들은, 아시다시피 뭐든 마구 삼킬 준비가 되어 있으며... 무엇을 보더라도 이거 "주우우욱이는데!"를 외칠 준비가 되어 있습니다. 그러니 철학자들이 젊은이들을 창녀처럼 다루는 것이 얼마나 용이하겠어요! 정열 어린 청춘기가 저 "관녀어엄"들 앞에서, 그리고 더 정확하게 짚자면 '철학' 앞에서 흥분하느라, 열광하느라 바쳐지는 것입니다 선생님!... 젊은이들이 사기꾼을 사랑하는 것은 꼭 강아지들이 나뭇조각을, 사람들이 이건 뼈다귀야 하면서 흔들어대는 나뭇조각들을 쫓아 달리고, 사랑하는 것과 같습니다! 그들은 내달리고, 짖어대다가, 자기 시간을 잃고 말지요, 이것이 요점입니다!... 이제, 젊은이들과 놀아주는 데 여념이 없는 저 모든 삼류 작가들을 봐보세요...
그들이 끊임없이 젊은이들에게, 속이 텅 빈, 그리고 '철학적'
인 가짜 뼈다귀들을 던져주는 모습을... 아, 청년들이 목이 쉬
어라 짖어대는 모습을!... 얼마나 만족해합니까! 얼마나 감사
해합니까!... 그들은, 포주들은 젊은이들에게 무엇이 필요한
지를 알고 있어요! 관념들!... 더 많은 관념들! 결론을! 지적
변화를! 포르투갈 포도주에 절여서! 언제나! 논리적이고!
주우우우욱이는, 포르투갈 포도주에 담가서!... 젊은이들은
속 빈 강정일수록 더 넙죽넙죽 삼키고, 먹어치우죠! 그들이
저 가짜 뼈다귀에서 얻을 수 있는 것이라고는... 과아아안념
이라는 장난감뿐이거늘!... 당신 얘기를 하자면 Y 교수님, 비
난할 생각은 없습니다만, 당신도 인텔리의 낯짝을 하고 있군
요! 심지어는 변증법가로도 보이는군요! 당신은 젊은이들을
자주 볼 수밖에 없겠군요! 당신은 그들에게 사기를 치겠지
요! 젊은이들을 등쳐먹고 사는 셈이죠! 참을성 없고, 건방지
고, 게으른, 젊은이들이 당신 눈에는 얼마나 사랑스럽겠습니
까!... 내 장담컨대, 당신은 궤변론자일 겁니다! 아벨라르[12]보
다 한술 더 뜨겠죠!... 그러니까, 요즘 유행에 맞게!..."

나는 Y에게 할 수 있는 모든 악담을 퍼부은 것입니다!...
다시 한번 펄쩍 뛰어보라고요!... 악의에는 악의로 대해야죠,

---

12 피에르 아벨라르Pierre Abélard, 1079~1142, 중세 프랑스의 스콜라 학자.

약 좀 올라보라고 그런 겁니다! 한 대 패본 거지요!... 만약 인터뷰가 안 된다면 둘이 주먹다짐이라도 할 수 있도록!... 가스통에게 몽땅 이를 생각입니다! 그럼 그는 포복절도하겠죠! 내게 돈다발 하나라도 더 쥐여줄 겁니다!... 빚은 빚으로 갚아야죠!...

Y가 반응을 보입니다! 돈이라도 걸 것을 그랬군요!...

"아니 그럼 당신은, 당신은 뭔데요?"

그가 내게 던진 첫 질문입니다!

아! 내 인터뷰가 시작되는 것입니다!

"나는 다만 별 볼 일 없는 발명가죠, 무명의 발명가 씨, 그게 접니다만, 나는 그 사실이 자랑스럽답니다!"

"뭐가 어째요?"

라는 한마디가 그가 보인 반응의 전부입니다... 그래도 나는 집요하게 말을 잇습니다...

"작은 발명가, 완벽하게 들어맞는 말이죠! 나는 아주 사소한 기법 하나를 발명해 냈을 뿐입니다! 딱 하나, 하나의 기법요!... 나는 세상에 '메시지'를 전달하지 않습니다!... 나는 그런 일을 하지 않습니다, 선생님! 나는 내 생각들을 퍼질러서 맑은 공기를 더럽히는 짓 따위 하지 않아요! 나는 그런 짓을 하지 않는다고요, 선생님! 나는 단어들에도, 포르투갈 포도주에도, 그리고 젊은이들의 아첨에도 취하지 않습니다!... 나는 우리 지구에 대해서도 생각하지 않고요! 난 그저 작은 발

23

명가일 뿐이에요, 그것도 아주 사소한 기법을 발명한! 당연히 언젠가는 잊힐! 다른 모든 것처럼! 토글 단추[13]처럼! 난 내가 별거 아니라는 걸 잘 알아요! 하지만 그렇다고 해도 저 '관녀엄'들보다는 낫다 이겁니다!... 관념들은 관념의 보부상들에게나 맡기지요! 모든 관념엄들을! 포주들에게, 사문난적들에게!..."

내 말이 우습나 봅니다... 그가 히죽거리고 있습니다, 허참! 오래는 못 웃게 할 겁니다!

"그런데 이보세요, 말해봐요, 당신은 무슨 일을 합니까?... Y 교수님?... 당신은 학생들을 놀래주는 사람, 숨죽이게 만드는 사람이 아닙니까, 젊은이들을 정신없게 하는 사람 맞죠? 그들에게 "메시지"들을 보내곤 하지 않습니까... 이제... 나도 좀 놀라봅시다!..."

"당신은 무엇인가를 발명해 냈다고 하셨죠?... 그게 뭡니까?"

그가 묻는다.

"문어에서의 감정 구현이죠!... 문어는 바싹 말라 있었어요, 거기에 감정을 되돌려준 것은 바로 나란 말입니다!... 말씀드리는 것처럼!... 내 맹세컨대 이건 보통 일이 아니에요!... 이제부터는 어떤 머저리라도 "글을 써서" 당신을 감동시킬 수 있

---

13 통나무 모양의 작은 단추.

다니까요, 그런 기법이고, 마법입니다!... "구어의" 감정을 글쓰기를 통해 되찾는 일이에요! 의미가 없지 않습니다!... 보잘것없긴 하지만, 그래도 업적은 업적이에요!..."

"그로테스크한 우쭐함이군요!"

"아무려면요! 아무려면요!... 그런데 그래서 뭐요?... 발명가들은 원래 괴물이에요!... 전부! 특히나 별 볼 일 없는 발명가들은! **글쓰기를 통한 입말에서의 감정의 전달**이라! 잘 좀 생각해 보세요, 선생님! 머리를 좀 굴려봐요!"

"그래요, 알았어요, 하지만 델리 오누이les Delly[14] 같은 경우는 어떻습니까! 그들을 좀 봐봐요!... 그들은 비평도, 광고도 없이, 해마다 1억씩을 벌어들입니다... 그런데 그들이 어디 "문어를 통한 감정 전달"을 탐구합디까? 그들이? 허튼소리예요!... 게다가 그들은 감옥에 갇힌 적도 없어요! 그들은! 그 사람들은 아주 정상적으로 군단 말이오! 그들은!"

"그렇죠, 하지만 델리 오누이에게는 비밀이 하나 있어요... 그게 뭔지 아십니까?..."

"아뇨!"

"그건 그들의 작품이 세상 어떤 작품들보다도 더욱 "졸작"[15]이라는 사실입니다!... 그렇기 때문에 델리 오누이가 누

---

14 대중 연애소설로 높은 인기를 구가하던 잔느마리 프티장 드 라 로지에르Jeanne-Marie Petitjean de La Rosière와 프레데릭 프티장 드 라 로지에르Frédéric Petitjean de La Rosière 남매의 필명.

구보다도 더 잘 팔리는 거죠! 그들에게 공쿠르상 같은 건 안중에도 없어요!... 선생님, 인민의 마음을 사로잡는 게 뭐라고 생각하십니까? 대중과 엘리트를 가리지 않고, 소련, 오하이오 주의 콜럼버스, 캐나다의 밴쿠버, 모로코의 페스, 트라브존, 멕시코를 가리지 않고, 아주 완벽하게 말입니다, 뭘까요? "졸작"입니다, Y 교수님!... "졸작"이에요! 철의 장막 안쪽이든 바깥쪽이든, 졸작은 체제를 가리지 않지요!... 어딜 가도 생쉴피스 스타일[16]이에요! 문학도 마찬가지고! 음악! 회화! 도덕, 예의범절! 온통 "졸작들"! 그런 "졸작"들을 펴낸 델리 오누이가, 지금은 세상에서 가장 많이 번역된 프랑스어 작가라지요... 발자크보다, 위고보다, 모파상보다, 아나톨 프랑스보다, 그 밖에... 페기보다, 프시카리보다... 로맹 롤랑보다 더 많이... 물론 이들 역시도 빌어먹을 "졸작"들을 써댔다는 점은 밝혀둬야 하겠습니다! 그래도, 우리 시스터-브라더 델리Sister Brother Delly에 비하자면, 이 작가들한테 '무미건조하다, 훈계조다' 이런 문제는 없었어요! 아 정말로, 전혀 없었지요!..."

---

15 "chromos"는 본래 '채색 석판화'를 의미하는 'chromo'의 복수형이다. 'chromo'는 신통치 않은 예술 작품에 대한 은유로 쓰이기도 한다. '키치kitsch'에 가깝다고 볼 수 있다.

16 생쉴피스Saint-Sulpice 스타일이란 프랑스 작가 레옹 블루아Léon Bloy, 1846~1917가 1897년에 만들어낸 표현으로, 예술적 천재를 전혀 느낄 수 없는, 다소 소박한 종교 예술 양식을 지칭하는 말이다. 생쉴피스 성당 일대에서 위와 같은 양식의 성물들이 대단히 많이 판매된 바 있다.

"좋습니다, 세상에 싱거운 작가들이 있다고 쳐요. 그런데 그 사람들이, 델리만큼은 아니더라도, 어쨌든 그렇게 많은 사람들을 홀리고 다닐 때 말입니다, 당신은 뭘 하는 거요? 어쨌든 공쿠르상을 타는 사람들은 누구죠? 당신은 뭘 탔습니까, 우리 눈물겹게 몰락한, 천재께서는 뭘 타셨냐고요! 문학상을 받은 다른 작품들에 대해서는 또 어떻게 생각하십니까? 그건 다 개똥 같은 것들이라고 일축하시렵니까?..."

"아뇨! 높이 삽니다! 진심으로 높이 평가합니다! "졸작"으로서 말입니다!... 80년은 뒤처진 인간들입니다! 그 사람들이 집필에 매달리는 모습은, 하나같이, 아카데미 미술전에 금메달 따려고 달려들던, 1862년의 사람들 같더란 말입니다... 아카데미풍이든, 살짝 "벗어난" 풍이든, 아예 반反아카데미풍이든, 전혀 중요하지 않아요!... 골고루 다 필요하죠!... 다만 졸작이면 되는 거예요!... 아나키스트 졸작!... 과장이 심한 졸작!... 빌어먹을 놈의 졸작!... 졸작...!"

그가 내 말을 이해하는 것 같긴 합니다만... 짜증을 부리고 있습니다... 나를 잡아먹을 것만 같아요!... 아, 그를 진정시킬 수가 없어요!... 안 돼!... 자, 자!

"Y 교수님, 당신은 어찌나 멍청한지, 모든 걸 내가 다 설명해 줘야 하는군요!... 일일이 친절하게 설명해 드리리다! 잘들어보셔요, 오늘날 작가들은, 세상에 '영화'라는 것이 존재한다는 사실을 아직 몰라요!... 영화가, 자기네들 글쓰기 방식

27

을, 우스꽝스럽고 무용한 것으로... 거드름이자 건방에 불과한 것으로 만들었다는 점을, 그 사람들은 아직 몰라요!..."

"왜죠? 왜 그런 거죠?"

"왜냐하면 그들의 소설, 그들의 모든 소설이, 많은 사람들, 아니 모든 사람들 눈에 매력적으로 보이기 때문입니다, 영화화가 되었을 때 말이에요... 그들의 소설은 이제, 다소간에 상업적인, 아직 감독을 찾지 못한 시나리오에 불과해요!... 영화는 제 안에, 그들 소설에 결핍되어 있는 모든 것들을 갖추고 있지요, 움직임, 풍경, 생동감, 다 벗고, 미끈미끈한, 아름다운 여배우들, 타잔, 미소년, 사자, 소설에서는 묘사되기 힘든, 서커스! 규방에서의 저주받을 정사! 심리학!... 막 나가는 범죄!... 선상 난교! 마치 우리가 실제 현장에 있는 것처럼! 이 모든 것들, 우리 고리타분한 작가 양반이, 자기 숙제 더미 속에서 허억허억거리며, 기껏해야 대강의 스케치 정도를 그려내는, 이 모든 것들! 고객들이 보기에 얼마나 밉상이겠어요!... 실로 미미한 거라고요! 그가 매달리고 또 매달리는, 그 모든 졸작들이! 이제는 영화가 천배... 천배는 더 뛰어난걸요!"

"당신 얘기대로라면, 이제 소설가에겐 무엇이 남은 건가요?"

"정신 박약자들이요... 축 늘어진 사람들 있잖아요... 신문도 안 읽고, 영화관에도 거의 안 가는 사람들..."

"그런 사람들이 '졸작' 소설은 읽는다고요...?"

"물론이죠!... 특히, 자기들 서재에 틀어박혀서!... 거기서 사색의 시간을 갖는 겁니다!... 가지려고 갖는 시간은 아니지만!..."

"그런 독자들이 얼마나 있나요?"

"아! 100명 기준으로 70... 80명은 될 겁니다."

"아니 그럼, 엄청나게 많은 고객님들 아니오!..."

그가 몽롱해집니다...

"그렇죠... 하지만, Y 교수님, 주의하세요! 우리 고객들은 라디오 중독입니다! 라디오를 무진장 듣지요! 정신 박약인 것도 모자라 얼간이들이라고요! 그들에게 "감정적으로 된" 어떤 문체에 대해 한마디라도 꺼내보세요! 픽도 받아들이겠습니다! "감정적으로 된" 문체는 서정적인 거에요... 그런데 "서재에 있는 독자들"보다 덜 서정적이고, 덜 감성적인 사람도 없다고요!... 서정 작가는, 그리고 저도 그중 한 사람입니다만, 엘리트뿐만 아니라, 모든 대중들에게도 등을 돌려야 하는 겁니다!... 엘리트들은 서정적이 될 시간이 없어요, 그들은 구르고, 움직이고, 엉덩이 살을 찌우고, 방귀를 뀌고, 트림을 하다가... 다시 처음으로 돌아갑니다!... 그리고 엘리트들도 글은 서재에서 읽어요, 그들도 졸작밖에는 이해하지 못하고요. 결론적으로 서정 문학은 팔리지 않는 거죠... 이제 명백하지 않습니까!... '서정'이 작가를 죽입니다, 서정 작가는, 신경증으로, 동맥 경화로, 그리고 만인에게서 오는 적대감으로 살해당합니다... 농담이 아닙니다, Y 교수님!... 지금 굉장히 진지한 얘기예요!... "감정적으로 된" 소설을 쓰려면 정말 믿기 힘들 정도의 노고를 기울여야 합니다! 감정은, 입말을 통하지 않으면, 그러한 말의 기억을 통하지 않으면, 포착될 수도, 옮겨질 수도 없습니다! 그건 끝도 없는 인내의 대가로만, 그 모든 자잘한 다시-옮김의 대가로만 주어지는 것이죠! 자, 건배합시다!... 영화는 그 경지에 다다를 수가 없어요!... 소설의 복수입니다!... 그 모든 선전에도 불구하고, 무수한 광고질과, 갈수록 잦아지는, 몇천 번의 클로즈업에도 불구하고... 1미터 밖에서도 보이는 속눈썹과, 더 이상은 상상도 못 할 정도로 뚜렷한, 그 모든 한숨과, 미소와, 오열에도 불구하고!... 영화는 여전히 기계적이고, 싸늘한, 가짜일 뿐입니다... 영화는 감정의 떨림이란 걸 포착하지 못해요... 그건 감정이 결여된... 불구의 괴물일 뿐이지요!... 물론!... 우리 대중들도 감정적이지는 않습니다... 그들도 마찬가지예요! Y 교수님, 그 점은 당신에게 동의합니다!... 대중은 그럴듯한 몸짓들만을 사랑하지요! 대중은 히스테릭하고!... 거의 감정적이지가 않아요! 거의!... 대중들이 감정적이었다면, Y 교수님, 진즉에 더 많은 전쟁이 벌어졌을 겁니다!... 더 많은 살육이 벌어졌을 겁니다!... 어쨌든 지금 일은 아니지요!..."

"잘 한번 보세요, Y 교수님, 대중들이 "감동을 받은 순간"

이 순식간에 히스테리로 전화轉化하는 모습을! 더 정확히 말하자면, 그것이 순식간에 야만스러운 짓거리로, 약탈로, 살인으로 전화하는 모습을! 인간 본성이란, 육식성인 것입니다..."

"당신은 그럼 당신 문체의 적들로부터 박해받았다는 이야기인가요?... 내가 제대로 이해했다면... 아니면 당신 문체에 대한 질투 때문에?..."

"그렇습니다, Y 교수님!... 그들 모두 내가 곤경에 빠질 날만을 기다렸죠!... 말하자면 나는 투항한 셈입니다!..."

"그리고 당신은 어떤 문체의 발명가다?... 그런 얘기인가요? 그렇게 주장하는 건가요?"

"그렇습니다, Y 교수님!... 아주 사소하지만, 실용적인 것을 발명해 낸 사람이지요...! 마치 토글 단추나... 자전거용 2단 기어 같은..."

"갑자기 확 작아지시는군요!"

"아뇨!... 더도, 덜도 아니에요!... 세상에 절대로 위대한 발명이란 건 없어요! 우선은 발명해 보자 하니까! 뭔가 발명했구나 하는 겁니다! Y 교수님, 발명이란 사소한 것들밖에는 없다니까요! 날 믿으세요, 자연은 오직, 대단히 드물게만 발명의 재능을 부여한답니다... 그리고 그런 재능은 아주아주 초라하게만 꽃필 뿐이죠!... 자기들 딴에는 온갖 발명들로 지쳐버렸다고 하나, 앓는 소리 하는 저 모든 발명가들이란, 미쳤든, 미치지 않았든, 실은 몽땅 빌어먹을 광대들이랍니다! 각 분야 대가들의 발명만 치더라도, 실은, 잘 보면 보일 겁니다, 라부아지에는 이미 훨씬 전에 발견된 수많은 자연적 물질들에 대해, 숫자를 매겼을 뿐이고!... 파스퇴르로 말하자면, 현미경에 비친 모든 조그마한 것들에게 이름을 붙인 게 답니다!... 아름다운 얘기지요!"

"그렇네요, 하지만 **예술**의 세계에선 어떤 일도 엄격하지가 않습니다! 증거가 있죠, 당신의 '감정적인 발명' 말이에요!... 발명?... 당신이 그렇게 얘기했죠!..."

"아... Y 교수님, 1862년 아카데미 미술전에서 "금상"을 탄 사람들도, 그리고 거기 출품했던 사람들도, 인상주의자들의 가치에 설득되지 않았지요! 당시 관중들도 마찬가지였어요! 하나같이 회의적이었죠! 관중들로 말하자면, 그들은 당시, 인상주의자들의 목을 매달 생각밖에는 하지 않았답니다! 인상주의자들을요! 그리고 만약, 나폴레옹 황제가 개입하지 않았다면, 실제로 목을 매달았을 겁니다!"

"그 정도로, 퍽 유명한 일화를 두고 아는 체하시는군요, 셀린 씨! 자 그럼, 전문 분야에는 전문 분야로 대응해야죠, 한번 설명해 보세요, 그럼 어째서, 인상주의자들은 돌연한 계시를 받은 걸까요? 어째서 그들은 갑자기, "아틀리에의 빛" 속에서 그리기를 관둔 걸까요?"

"왜냐하면, 그들이 사진을 보았기 때문이죠!... 막 사진이란 것을 발견했기 때문입니다!... 인상주의자들은 **사진** 앞에서 대단히 정확하게 반응한 것입니다!... 그들은 사진과 경쟁하려 하지 않았어요!... 그 정도로 멍청하지 않았어요! 그들은 자신들만의, 어떤 표현을 찾고자 했고... 한 가지 사소한 기법을 발명했습니다! 사진이 뺏어갈 수 없는 기술을요!... 그건 사람들이 주장하는 것처럼, "야외"에서 그리는 기법이 아닙니다!... 그 정도로 멍청이들은 아니었어요!... 그들이 발명한 것은 야외의 "표현 방식"입니다!... 이 점에서, 인상주의자들은 더는 어떤 위험도 겪지 않게 되었지요!... 사진은 감정적이지가 않거든요... 결코!... 사진은 굳어 있고, 싸늘하지요... 영화가 그런 것처럼... 사진은 또한 시간이 지나면서 그로테스크하게 변해버립니다... 어쩔 수 없이, 영화가 그런 것처럼요, 그로테스크하게!... 그건 그럴 수밖에 없어요!..."

"그렇다 하더라도 어쨌든, 당신의 반 고흐는 그림 한 점을 못 팔지 않았습니까!"

그가 분노하여 반 고흐를 제시하였습니다!

"그렇죠, 하지만 오늘날 반 고흐가 얼마나 높게 평가되고 있는지 보세요!... 금덩어리들보다 높게 평가되지요!... 당사자는 팔 수 없었던, 반 고흐의 그림들이 오늘날 얼마나 많은 경매장에 불을 밝히고 있는지 보세요!..."

"네, 하지만 당신의 반 고흐는 대단히 궁색한 환경 속에서 죽었다고요!"

"그러나 화랑들과 애호가들은 떼돈을 벌었지요! 팔 때마다 값이 널을 뛴다고요!... "수에즈" 운하보다 반 고흐가 더 나아요!... 이보다 더 나은 투자는 없을 겁니다!... 그가 미쳐서 죽었다는 사실도, 광고감이지요!... 그래서 무슨 말이 하고 싶으냐고요? 세상에는, 어디서든, 어떤 분야에 있어서든, 대개 다음과 같은 두 종류의 사람들뿐이라는 겁니다, 일하는 사람들이 있고, 포주들이 있는 거예요... 이쪽 아니면 저쪽이라고요!... 발명가들이란 이 "일"하는 사람들 중에서도, 최악의 종자들이지요!... 저주받은 족속들이요!... 포주가 되기를, 태연하게 표절자가 되기를, 거부하는 작가, 졸작을 만들어내지 않는 작가란, 미친 사람인 겁니다!... 그는 만인의 증오를 사지요!... 사람들이 그에게 기대하는 바는 단 한 가지, 그가 돼져서, 자기의 모든 기법을 털어내는 일뿐입니다!... 표절자, 위조자는, 그와는 반대로, 대중을 안심시킵니다... 표절자보다 더 오만한 사람도 없지요!... 그는 온전히 대중에게 의지합니다... 정말 별거 아닌 계기로도, 그가 실은 망나니에 지나지 않는다는 사실이 밝혀질 수 있는 겁니다... 이해하시겠어요?... 나는, 개인적으로, 나는, 대체 얼마나 많은 사람들이 나를 베끼고, 옮겨 쓰고, 내 스타일로 글을 써서 사기를 쳤는지, 차마 다 이야기를 못 하겠군요!... 돈이죠!... 돈!... 그리고 필연적으로, 당연한 얘기입니다만, 나를 가장 악독하게 헐뜯고, 어서 이 목을 매달라고 형리들을 재촉했던 사람들은, 바로 내 표절자들이랍니다!... 당연한 얘기지요!... 언제나 그래 왔던 법이지요!..."

"그러니까, 당신 말에 따르자면 세상 사람들이 못된 거다 이거죠?"

"내 말인즉 세상 사람들이 가학적이고, 반동인 데다가, 사기꾼이요 얼간이라는 겁니다... 그들은 본능적으로 거짓을 지향하지요... 그들이 사랑하는 것은 오직 거짓뿐이라고요!... 문화가 다르고, 정체가 다르고, 풍토가 달라도 이 점은 변함이 없어요!... 요컨대, 그가 어디서 사는 사람이든, 사람들에게는 자신의 거짓, 자신의 졸작이 필요한 겁니다!... 반 고흐가 오늘날 주목받는 것은, 그의 작품이 이제야 '가치'를 얻었기 때문이며, "강경파"들의 목소리가 수그러들었기 때문입니다! 작가들로 말하자면, 그렇지 않습니까, 그들의 책은 낡아간다고 해서 "가치"를 얻게 되는 것이 아니거든요!... 아까도 말씀드렸습니다만, 작가들은 영화 앞에서 제대로 대처하지 못했어요... 그들은 남의 눈에 띄어서는 안 된다는, 예의 바른 사교계 인사들의 낯짝을 했지요... 마치, 그렇잖아요, 어느 살롱에서, 젊은 처녀가 방귀를 뀌었을 때... 다들 시치미 떼고 괜히 더 열성적으로 이야기를 주고받고, 장광설을 늘어놓았던 것처럼 말입니다!... 작가들은 "아름다운 문체"며, "혼합문"이며, "잘 짜인" 구문들을 파고들었습니다, 그들이 예수회로부터 물려받은 낡아빠진 비결을 따라서 말이죠... 그건 아나톨 프랑스, 볼테르, 르네, 부르제의 혼합물인데... 그들은 여기에, 다만 약간 지나치다 싶은 남색과... 몇 킬로그램의 탐정 소설 기법을 보탰을 뿐입니다... 그렇게 해서, 자기 작품이 "훌륭한 지드풍 소설", "훌륭한 프로이트풍 소설", 그리고 "훌륭한 스파이 소설"이 되게끔 말입니다... 그러나 여전히, 이 모든 것들은 졸작이지요!... 그렇지 않습니까?... 이얼마나 순응주의에 물든 혁신이란 말입니까!... 물론 그들은 "참여" 작가들이지요! 물론입니다!... 정말이지 놀라운, 셋, 넷, 다섯, 여섯 파벌에, 온몸 바쳐 참여하고 있는 작가들이에요!... 하지만 여전히 그들의 작품은 "졸작"에서 벗어나지 못하며, 저 생쉴피스 신의 천둥소리로부터 벗어나지 못합니다!... 절대로!... 충직하지요!... 그게 "양식樣式"이란 겁니다!"

"고등학생 아무개라도, 여섯 달이면 당신에게 공쿠르 수상작 한 권을 토해낼 수 있어요! 그럴듯한 정치적 과거가 있고, 좋은 편집자가 붙고, 할머니가 둘, 셋 있고, 유럽 어딘가에서 펼쳐지는 이야기라면, 그러면 공쿠르상이야 따놓은 거지요!"

"셀린 씨, 같은 말만 되풀이하시는군요!"

"아직 덜 했어요! 계속 더 해야겠소! 그 증거로, 당신 아무것도 이해하지 못했잖아요?... 몽땅 암기해야 해요! 영리한 척하지 말아요!... 당신은 둔탱이요!... 당신은 내가 말한 것들... 더듬거린 것들의... 핵심에 대해서는 전혀 이해하지 못했어요! 좀 따라 해보세요!... 내게 있어 감정이란, 오직 어마어마한 노고를 통해서만, 오직 "말해진 것" 속에서만, 되찾아질 수 있는 겁니다... 감정은 "말해진 것" 안에서가 아니라면 포착되지 않아요... 그리고 그것을 글쓰기로 재생시키는 일이란, 당신 같은 멍청이가 짐작도 할 수 없을 만큼의 고뇌와, 어마어마한 인내를 통해서밖에 이뤄지지 않는다고요!... 명쾌하죠, 안 그렇습니까? 명쾌하죠?... 그 비결은 나중에 설명하지요! 나중에! 당장은, 다음과 같은 사실 정도만이라도 기억하세요, 감정이란, 비싸게 구는 것이고, 달아나는 것이며, 본질적으로, 희미해져 갈 수밖에 없는 무엇이랍니다!... 뭐라고요?... 아... 알았어요... 다시... 뭐라고 하셨죠...?라며 그때그때 받아 적어봐야, 그건 감정하고 다투는 일일 뿐이에요. 감정이란 년은, 바라면 붙잡을 수가 없는 거라고요!... 절대 그렇게는 안 되죠!... 떨리는 '감정'의, 단편이라도 잡자면, 악착스럽고, 엄격하게, 수도 생활에 준하는 그런 노동의 세월이, 그리고 행운이 필요한 겁니다! 그 정도로 대단한 일이라고요!... 선생님, 감정이란 다소 비싸게 구는 겁니다!... 그걸 다시 한 번 말씀드리죠!... 그건 마음le coeur보다도 훨씬 더 비싸게 굴어요! 어쨌든 전혀 같은 일은 아니지마는! 코린느[17]는 아름다운 영혼la belle âme을!... '마음'을 가꾸었죠! 그 "아름다운 영혼"이란 건 주기적으로 찾아드는 겁니다, 생리처럼 말이죠... 발정이에요, "아름다운 영혼"이란. 그렇지 않습니까? 짝

_____

17 스탈 부인Madame de Staël의 소설 《코린느 또는 이탈리아Corinne ou l'Italie》의 주인공 코린느를 가리킨다.

짓기 얘기라고요! 감정은 존재의 속살로부터 옵니다, 그건 고환에서 우러나오는 것도, 난소에서 우러나오는 것도 아니에요... 감정을 다루는 작업을 해보시면, 시련에 부딪힌 장인의 고통을 알게 될 겁니다. 앞으로도 그가 잔뜩 겪어야만 하는, 그런 시련 말입니다... 비록 공쿠르주의자들은 그 시련에 대해 착각하고 있지만! 졸작의 생산자들도 그와 마찬가지로, 조그마한 놈이든, 큰 놈이든, 착각하고 있지만! 무정부 상태로부터 어마어마한 연금을 타먹는 작자들도 마찬가지고! 그리고, 비록 그들 모두가, 감정을 경계하기를 이불 위에 똥을 누는 것처럼 경계하더라도!... "감정적인 방식"이 "대중적"으로 되는 날에는... 그건 불가피한 일이죠!... 어쨌든, 아카데미가 온통 "쩐"으로 가득하게 될 때가 오면... 그날이 "감정"의 종말이 되겠지요... 모든 "졸작" 노동자들이, 점 하나 찍는 데 100루이씩 받고, 당신들에게 "감정적인 초상"을 그려줄 겁니다!... 아마도 100년 뒤에는! 그들 모두가 숙고를 마치겠지요... 나로 말하자면, 난 이미 숙고를 마쳤습니다!... 내게는 프랑스어의 "테러리스트", 프랑스어의 강간범이란 딱지가 붙어 있으며, 불한당이자, 심지어 남색가도 아니고, 1932년 이래로 공민권도 회복하지 못한 이로 남아 있죠!... 책방 주인이라면 모두들, 이렇게 말할 겁니다, 《밤 끝으로의 여행》을, 재고로라도, 한 권이라도 들여놓느니 차라리 상점 문을 닫아버리겠다고요! 그리고 나는 1932년부터 내 상황을 더욱 악화시켰어요, 나는 위반자에, 배신자에, 인종 학살자, 예티 Yeti[18]도 모자라서... 아예 입에 올려서는 안 될 사람이 되었지요!... 오, 그렇지만 그런 나를 벗겨먹는 건 괜찮답니다! 당연하지요! 탈탈 털릴 때까지! 셀린 씨는 뭐 때문에 불만이랍니까?... 그런 수치스러운 인간은 존재하지 않아요! 그리고 그는 존재한 적도 없어요!... 사람들은 드노엘[19]을 암살했어요, 앵발리드 기념관 광장에서, 그가 내 작품을 너무 많이 찍었기 때문이죠... 그리고 원칙적으로!... 나도 그와 함께 죽은 거예요!... 사람들이 내게서 유산을 물려받지요, 당연한 겁니다!... 사방팔방에서 약탈하러 오지요!... 자연스럽지 않습니까? 당신이 원한다면, 원하는 만큼, 수많은 의기양양한 암살자들을 찾아볼 수 있을 겁니다... 받아 적으세요, 거기, 받아 적으세요... 그런데, 이상한 일이죠! 의기양양한 도둑놈들은 그리 많지 않단 말입니다... 도둑들은 부끄러워하는 쪽이에요... 살인은 영광스러운 일이죠, 하지만 도둑질은 아닙니다... 내가, 나를 1분 차이로 놓쳐버리고 만 것에 불만을 토로하는 암살자들의 글을 얼마나 많이 받아봤는데요!(아

---

18 히말라야 산에 산다는 설인雪人을 말한다.
19 출판인 로베르 드노엘Robert Denoël을 말한다. 갈리마르의 라이벌이기도 했던 그는 셀린의 충실한 지지자였으며, 셀린의 초기 작품들은 모두 드노엘 출판사에서 출판되었다. 드노엘은 프랑스 해방 직후인 1945년 앵발리드 광장 근처에서 암살되었으나, 목격자가 없는 사건이었기에 범인의 정체도, 살해 동기도 밝혀지지 않았다.

실 테지만, 《세인트헬레나 섬의 비망록》[20]풍으로 쓰였습니다)... 그들은 무척이나 나폴레옹-스러워요, 그 사람들은 자신들의 베르나도트들, 자신들의 앙기앵 공작들[21]을 죽이지 못한 것을 곱씹는 살인자들이지요!... 하지만 도둑들은, 이 얼마나 신중하냔 말입니까!... 드물게, 우쭐거리는 테나르디에[22] 같은 자가 있을 뿐! 어쨌든 어떤 작자가 이런 글을 써준다면, 그것도 재미있을 것 같습니다, "나는 당신의 이런 점을... 저런 점을... 훔쳤으며, 그 모든 것들을, 그토록, 되팔았소!"

"당신은, 내가 어쨌든 이건 알겠는데, 어쨌건, 당신 오만하기가 공작새만 하구려!"

"그래요! 계속 무례하게 가보시죠!... 아 좋아요, Y 교수님, 당신에게 마지막으로 한번 못 박아드리리다. '사람들의 의견이란 것은 전혀 중요하지 않아요!' 다 허튼소리들이요! 빵점짜리요! 잡소리지!... 지랄! 중요한 것은 오직 사물 자체랍니다! 사물! 알아들으시겠소? 사물! 그것이 성공적이냐? 그렇지 않느냐?... 빌어먹을! 제기랄! 그것도 모자라서! 아카데미

---

20 세인트헬레나 섬으로 유배된 나폴레옹의 회고를 담은 비망록.

21 베르나도트Bernadotte와 앙기앵 공작Duc d'Enghien 모두 나폴레옹의 반대파. 한때 나폴레옹 휘하 프랑스 원수였던 베르나도트는, 스웨덴으로 국적을 옮긴 뒤에는 나폴레옹의 반대파가 되었으며, 훗날 스웨덴의 국왕 자리에 오르게 된다. 앙기앵 공작은 나폴레옹의 암살을 기도한 혐의로 체포되어 처형된 인물이다.

22 빅토르 위고의 소설 《레미제라블Les Misérables》에 등장하는 테나르디에 가문. 테나르디에 부부는 여관을 운영하고 있는데, 손님들을 속여 그들의 돈을 갈취하곤 한다.

즘!... 속물주의!"

"빌어먹을! 당신 변증법이 한창이군요!"

"빌어먹고 자시고 할 것도 없어요!... 없다고요! 전혀 없어요! 변증법도 없어요! 사물이 내게 오는 것은, 지하철을 통해서입니다! 지하철 안에는 변증법이 없어요!"

"저를 놀리시는 겁니까?"

"놀리는 거 아닙니다, Y 교수님! 다만 인터뷰를 위해서인 거예요... 당신에게 솔직하게 이야기해야 하지 않습니까... 잘 좀 해보세요!"

"뭘 바라시는 거요?"

"뭔가 현실적인 이야기를 나눠봅시다... 우리 둘 모두에게 흥미로운 주제로!"

"그럼 갈리마르 씨에 대해 말씀해 주시죠... 사람들 말마따나, 그가 정말로 탐욕스럽나요?"

나는 그 질문이 조심성 없다고 생각합니다.

"우리 인터뷰에 대해서 말씀하시는 건가요?... 갈리마르 씨는 인터뷰 대금을 주지 않을 거요, 장담하지요!... 부자들은 절대로 '값'을 치르는 법이 없지요!... 부자들은 언제나, 이거 아니면 저거요, 실속 없이 자기 재산을 갉아먹도록 하던가, 몽땅 벗겨먹던가!... 이거 아니면 저거입니다! 그들은 괴물이에요!... 타고난 괴물들! 25상팀[23]의 빚으로도 그들은 당신을 오체분시할 겁니다, 하나 세상에 별 볼 일 없는 잡년도 별 어려움 없이 그에게서 100만 상팀을 뜯어내지요!... 그들은 절도당하는 것을 즐깁니다!... 명심하세요!... 그들은 미친 나침반에 따라 움직인다고요!... 그들이 흥분할 때는 누군가 자기들을 피 흘리게 할 때입니다!"

"슬픈 얘기군요!"

"미친 나침반이요? 아니면 괴물들의 지배가요? 전에는 모르고 있었나요?"

"몰랐소!"

"다른 이야기를 하지요!... 우리 주제로 돌아가봅시다, 문체 말이에요!... 우리는 문체 이야기를 하고 있었습니다, Y 교수님! 나는 당신을 이해시켰... 아니, 당신에게 다음과 같은 사실을 이해시키고자 했어요, 새로운 문체의 발명가란 곧 어떤 테크닉의 발명가라는 사실을! 어떤 사소한 테크닉의!... 그 사소한 테크닉이 제 역량을 발휘하는가? 발휘하지 않는가? 그게 답니다! 모든 것이 거기 달려 있는 거예요!... 명쾌하지요!... 나의 기법이라고 한다면, 그건 감정적인 것입니다! "감정적이 된" 문체, 그것이 가치가 있는가? 그것은 제대로 기능하는가?... 나는 답하겠습니다, "그렇노라"고!... 백 명의 작가들이 내 문체를 모방했고, 모방하고 있으며, 위조하고, 시치미를 떼고, 변조하고, 처리 중이지요! 얼마나 많이들 베

---

23 프랑스의 화폐 단위로, 1상팀centime은 1프랑의 100분의 1에 해당한다.

끼는지 결국은, 기어이, 머지않아!... 내 기법 역시 "졸작"으로 통하게 될 겁니다! 그렇답니다, 교수님! 곧 보게 될 겁니다! 보게 될 거예요! 마치 내가...! 졸작인 것처럼 보이게 되는 것을!... 30년이나... 40년도 안 걸릴 겁니다!... 프랑스 한림원이 내 문체에 들러붙기까지! 게걸스럽게 집어삼킬 때까지!... 하나!... 둘!... 세, 네 번의 사전 등재 작업이 이루어질 테고! 거기에는 내 "감정"보다, 다른 "감정들"이 더 많이 담겨버리겠지요!... "그렇게 흘러가노라sic transit!"[24] 모든 발명의 운명이 그렇습니다!... 보잘것없는 것들이건 위대한 것들이건!... 강도질, 위조, 갉아먹기, 원숭이 짓, 공격적인 태도가, 50년 동안 이어지다가... 그리고 맙소사!... 저작권이 풀린 뒤에는 몽땅 뒤집히는 겁니다! 익살극이 상연됩니다! 발명가 본인은, 이미 한참 전에 골로 갔지요! 그런 사람이 존재하기는 했을까?... 하고 서로들 묻잖아요? 그들은 망설입니다... 발명가는, 그는, 몇몇 사진들에 찍혀 있는 몸집이 크고 볼이 통통한 저 금발 머리였을까? 아니면, 누군가의 주장처럼, 왜소하고 깡마른 저 절름발이였을까?... 어떤 이들은 다음과 같은 사실을 알고 있다고 믿습니다, 그러니까 저 사진들에 찍힌 몸집이 크고 볼이 통통한 금발 머리는, 여자들을 채찍질하는 자였고, 고양이들을 괴롭히는 사람이었다는 것을요! 또한 저 왜

---

24 라틴어 격언 '세상의 영광은 그렇게 흘러가노라Sic transit gloria mundi '의 줄임말.

소하고 깡마른 절름발이, 그는, 굳은 빵 조각들의 특정 부위들을 적셔 먹는 것을 미친 듯이 좋아했으며... 믿음으로 말하자면 모르몬교도에 가까웠다고! 반면에 저 몸집이 큰 금발은...(그가 발명가였을까요?) 일요일이면 물에 빠져 죽어가는 무당벌레들과... 잠자리들을 건져주는 일로 소일했으며... 그것이 그의 유일한 도락이었다고!... 말합니다! 사람들은 그렇게 말합니다! 대체 그게 무슨 소용이란 말입니까?... 어떻게 생각하세요? 중요한 것은, 오직 그 사소한 발명 그 자체란 말입니다!... 스포츠에서도 마찬가지예요!... 잘 보세요! 크롤이냐?... 평영이냐?... 모든 기록이 떨어집니다!... 크롤이 이겼어요!...'크롤' 영법이라는 그 사소한 발명이!"

"좋습니다! 좋아요! 경청하고는 있습니다만... 그리 흥미롭지는 않네요!..."

"아니 무슨 생각을 하시는 겁니까? 무슨 생각을! 어떤 것도 '그리' 흥미롭지는 않다고요, 선생님! 적으세요! 좀 받아적으세요!"

"뭘요?"

"받아 적으세요!... 우리 무신론자 유럽인들은, 전쟁과 술, 고혈압과 암 없이는, 권태로 죽어버릴 거라고!"

"그럼 다른 지역은 어떤데요?"

"아프리카인들에게는 말라리아가 있습니다, 아메리카에는 히스테리가 있고, 아시아인들은 모두 굶주리고 있지요...

러시아인들에게는, 강박증이 있습니다! 이들처럼 불안한 사람들에게는, 권태가 영향력을 가질 수 없지요!"

"제기랄! 미친 소리를!"

"날 비웃는군요!... 나는 당신 좋으라고 노력하는 거요! 광대 짓을 하고 있다고요!... 인터뷰하러 오신 분 아닙니까? 아니에요? 여전히 제기랄이고, 빌어먹을이요?"

"아리스토파네스에 대해서는 어떻게 생각하십니까?"

"아리스토파네스라, 위인이었죠!"

"그럼 당신이 보기에, 그는 무엇을 발명한 건가요?"

"벼락이죠! 뜬구름 잡는 소리들이죠!... 수사법이죠!"

"내가 인터뷰에서 당신을 명백하게 미치광이로 그려내도 좋다 이거죠? '사소한 기법'에 대한 강박에 사로잡힌 사람으로?"

"잠깐, 한번 잘 봐보자고요!... 만약에 내 "사소한 기법"들이, 당신에게, 적절하게, 대량으로, "광고"로 소개되었더라면, 당신은 그것들을 게걸스레 주워섬겼을 겁니다. 그래요! 나는 내 "사소한 기법"들로 당신을 대접했을 거요, 배가 터질 때까지!... 내 '토글 단추'들로!... 내 '쥐약'들로!... '자전거용 3단 기어'로! 몽땅! 당신은 그것들을 몽땅 삼켜버렸겠지요! 만약에 내가 그것들을 "미국식으로", "네온" 불빛 아래 비추어 소개했더라면 말입니다!"

"어디 한번 보고 싶군요!"

"이미 다 봤잖아요!... 이미 허풍이란 허풍은 다 받아들였고... 배 속에 쑤셔 넣었고... 더 달라고까지 했잖아요! 뻔뻔하게! 대량으로! 거짓말들이 쏟아져 나온 그 순간부터!... 볼테르도 그런 이야기를 했었죠!..."

"그래요?... 볼테르가요?"

"네! 볼테르가요!... 우리는 바로 그런 정신 한가운데서 살고 있지요!... 핵폭탄급 뻔뻔함의 정신!... 우리 시대의 정신은 그런 겁니다!"

"어떻게요?"

"토스카니니는 베토벤을 지웁니다! 한술 더 떠서, 토스카니니는 베토벤입니다! 그는 자기 재능을 베토벤에게 빌려주지요!... 스무 명의 엉터리 배우들이 몰리에르를 재창조합니다!... 그들은 몰리에르를 다시 옮깁니다! 퓌스틴Pustine 양은 잔 다르크를 연기합니다... 아닙니다! 퓌스틴 양은 잔 다르크입니다!... 잔 다르크는 결코 존재하지 않았어요! 잔 다르크라는 역할이 있던 겁니다, 이상! 그리고 그 역은 퓌스틴을 기다리고 있었던 거지요... 그게 답니다!"

"정말로요?"

"네, 정말로요!... 내가 하는 말 잘 기억해 두세요, Y 교수님... 전 이렇게 생각합니다... '다 끝장났도다!'"

"제기랄! 제기랄!"

"제기랄도 뭐도 없습니다!... 가짜가 승리하는 것입니다!

광고는, 거짓이 아닌 모든 것들을 몰아세우고, 변조하고, 박해합니다!... 진정성에 대한 취향은 죽었어요!... 강조해서 말하는 겁니다! 나는 강조합니다! 잘 한번 보세요!... 당신 주위를 살펴보시라고요!... 당신 혹시 높으신 양반들을 좀 아십니까?... 유능한 사람들 말이에요... '유능한', 그러니까 부유한 사람들! 여자들과, 그림들과, 잡동사니 골동품들을 구매할 여력이 있는 사람들!... 그렇다면, 당신은 그 유능한 사람들이, 언제나, 어쩔 수 없이, 거짓을 향해 달려드는 꼴을 볼 겁니다! 돼지들이 송로버섯에 달려드는 것과 마찬가지지요... 사정은 프롤레타리아들도 마찬가지입니다, 명심하세요!... 그들의 취향은, 거짓에 대한 모방입니다!... 그들은 거짓의 모방을, "매만져진" 졸작을 즐기는 것입니다!... 자, 정치 이야기를 하는 건 아닙니다만, 한번 상상해 보세요, 어느 날 당신이, '숙청 épuré'되어야[25] 하는 불행한 경우에 놓였다고 가정해 보세요, "숙청"이라, 그렇지 않습니까, 그건 무엇보다도, 도둑맞는다는 의미입니다! 사람들이 가장 먼저 무엇을 훔치려 들까요? 당신을 숙청하려는 이들이 무엇에 달려들 것 같습니까? 제일 먼저? 처음으로 당신의 소중한 보금자리를 훼손하러 올 때? 그것은, 당신 집의 모든 조악한 것들입니다, 틀림없어요! 당신 집에서도 차마 남에게는 보여줄 수 없는, 그런 모든 것

---

25 'épuré'는 '정화'로 읽을 수도 있다.

들을 훔치러 올 겁니다!... 당신이 가진 좋은 것들은, 그들에 의해 불살라질 겁니다!... 내 경우에는, 수고手稿 일곱 편이 불살라졌죠!... 원고 일곱 편이 말입니다! 대중적인 본능은 그렇게 만족될 겁니다!... 그 본능은 물론 당신 집 역시 쓸고 갈 겁니다! 물론 나는 내가 무슨 이야기를 하고 있는지 잘 알고 있어요!... 강탈자들은 돼지들의 취향을 갖고 있답니다!"

"같은 말을 또 하는군요!"

"가정을 해보자고요!... 가정을!... 그런데 지금 몇 줄 정도 썼나요? 말해주겠어요?"

그는 세어봅니다... 그리 많지가 않습니다!... 그는 다시 세어봅니다... 한 편의 대담집을 내기 위해서는 100쪽이 필요합니다!... 적어도!... 최소한의 분량이라고 해도!

"Y 교수님, 힘 좀 내보세요! 부탁입니다!... 흥을 좀 내보세요!"

내가 그를 흔들어놓지 않는다면, 그는 잠들어 버릴 겁니다! 맙소사!

"Y 교수님, 당신은 멍청이입니다!"

"아닙니다! 아니에요!"

"맞습니다! 맞아요! 당신은 진성 게으름뱅이요!"

"나를 모욕하는 겁니까!"

"그럼요! 물론이죠! 당신은 욕먹어도 쌉니다, 지금 뭐가 어떻게 돌아가는지를, 보고 싶어 하지를 않잖아요!... 아니면 지금, 혹시, 당신이 엄연히 내 공모자라는 사실을 모른 척하려는 겁니까? 당신이 이에 훌륭히 연루되어 있다는 사실을? 그런 거예요?... 당신은 파렴치한 사람이고... 네? 교활한 사람이라는 사실을, 모른 척하려는 겁니까?"

"계속 그렇게 말해보시죠!"

"그래서 지금 몇 줄 쨌데요?"

그가 분량을 헤아려봅니다.

"아직 얼마 되지 않는군!... 더 이야기합시다! 이야기해 보죠! 조금 전에 내가 반 고흐 이야기를 했는데... 그가 되살아온다고 가정해 보자고요... 그가 다시 돌아왔어요... 그림들을 갖고 와서, 발표한다고 치면... 아마도 예전하고 똑같은 방식으로 대접받고 말 겁니다!... 갖은 욕은 다 먹겠죠! 애호가들도 얻지 못할 거예요!... 화랑에서는 100수[26]도 못 받겠지요! 고흐는 그리하여, 세상 사람들을 경멸하는 법을 배우게 될 겁니다!... 자기가 '반 고흐'라는 것을 알게 되겠지요!... 그가 '다시' 자살하는 데는 그리 오래 걸리지 않을 겁니다!... 모차르트는 어떨까요, 생각해 보세요, Y 교수님!... 그림 이야기는 그만합시다!... 음악 이야기를 해보자고요!... 지금은 그래서 몇 쪽 정도죠?..."

그가 지금까지의 분량을 헤아려봅니다,

---

26 프랑스의 옛 화폐 단위로, 1수 sou 는 5상팀에 해당한다.

"스스로 이상하다고는 생각하시나요?"

그가 내게 묻습니다.

"아뇨, 딱히 그렇게 생각하진 않습니다!"

"그럼 재치 있다고 생각하세요?"

"아뇨, 전혀 아니오!"

"그럼 나를 '교수'라고 부르는 게 어지간히 재미있어서 그런 겁니까?"

"아뇨!... 아뇨!... 아뇨!... 그렇게 들었는걸요!... 폴랑이 내게 그렇게 이야기한걸요!"

"멍청한 일이에요! 맙소사! 새빨간 거짓말이요!... 정말이지, 날 놀리는 거라고요!... 나는 레제다 대령이라고 합니다!... 정말이지, Y 교수가 아니에요! 기괴하군요! 기괴해요!"

"그래요?... 레제다 대령이라고요?... 아니 왜?..."[27]

"나는 은밀하게 활동 중입니다."

"은밀하게요?"

"네, 위장 중이에요!... 그래야 하는 일이 있어요! 쉬잇... 지금 사람들이 우리를 지켜보고 있는 게 안 보입니까?... 지금 주변에 있는 사람들이, 우리를 염탐하고, 엿듣고 있는 게 안 보이시냐고요! 쉬잇! 쉬잇!"

안 보였습니다! 나는 그런 사람들을 못 봤어요!... 정말로

---

27 레제다 대령Colonel Réséda이라는 이름은 레지스탕스의 코드명을 연상시킨다.

못 봤습니다!... 나는 다만, 저기, 더 멀리... 벤치 네 개만큼 떨어진 곳에서, 딱해 보이는 두 사람을 더 보았을 뿐입니다... 이 야만인은 뭔가에 홀려 있었습니다! 뭐든 간에!... 안됐구먼! 제기랄! 이 사람이 내 인터뷰어예요! 나는 운도 좋지! 그가 알제리 보병 연대의 이발사가 아닌 게 어디야! 다른 인터뷰어를 구하는 건 어떨까도 생각해 봤습니다만... 아마 대령보다 더 멍청이일지도 모르죠!...

"그럼 큰 소리로는 이야기하지 않겠습니다, 대령님... 조용히 이야기하지요... 하지만, 바싹 긴장하셔야 합니다!... 당신에게, 당신을 온전히 믿고, 대단히 중대한 진실들을 털어놓겠어요."

"그렇게 하시오! 경청하고 있습니다!..."

"당신에게 진실을 밝혀드리리다... 잘 들으세요 대령님! 지금 우리가 사는 세상의 근본적인 비밀은, 사람들 모두가 망상증에 빠져 있다는 사실입니다!... 네! 망상증이라고요! 우리 시대는 주제넘은 망상에 빠져 있어요! 네, 대령님, 그렇습니다!... 당신은 군에 계시니까, 대령님, 아시겠지만, 모든 부대를 통틀어도 이제 "이등병"은 찾아볼 수 없을 겁니다! 온통 '별'들뿐이지요!... 어느 철도를 돌아봐도 '건널목지기'는 찾아볼 수 없을 겁니다! 온통 '수석 엔지니어'뿐이지요! 선로 변경을 통제하는 수석 엔지니어! 선반을 담당하는 수석 엔지니어!"

"그렇죠! 정확히 그렇습니다!"

"극단劇團의 경우를 한번 생각해 보세요... 연극을 예로 들겠습니다... 기차에서 내릴 때는 그토록 순진하던, 타고나기를 "버터와 달걀들" 속에서 태어난, 저 농가의 딸들 중에서, 엘리제데보자르[28] 거리에 있는 브리샹츠키Brichantzky 댁에서 세 차례 레슨을 받고 나서도, 마음이 흔들리지 않는 이는 단 한 사람도 없답니다. 노래, 춤, 발음 연습 등등 저 말도 안 되는 가공의 '공연' 레퍼토리를 위해서라면, 뭐든 하게 되는 거죠!... 이성적으로 생각할 틈이 없습니다! 그렇게 되는 거예요!... 그러니 거기 가서, 조금이라도 흠잡을 거리를 생각해 보세요!... 그게 받아들여지나!... 이 아가씨들은 더는 당신의 세계에 있지 않아요!... 그녀들은 망상증의 세계에 있는 겁니다!... 당신이 그녀들을 성가시게 할 수는 있겠죠, 거기까지예요!... 당신과, 당신의 잔소리는! 망상증이 도시고 농촌이고 모두 황폐하게 만들고 있어요! 저 해괴한 "자아"가 모든 것을 집어삼키고 있습니다!... 멈출 줄 모르고!... 모든 것을 요구하지요! 기술 분야, 예술 분야뿐 아니라, 연구 분야에서도 마찬가지입니다! 공립 학교 학생들, 그러니까 거기 다니는 학생들과, 선생들과, 거기를 거쳐가는 모든 이들도 다 마찬가지입니다!... 교수 자격자, 학생, 청소부, 수위, 이 사람 저 사람

---

28 Élysée-des-Beaux-Arts. '예술의 낙원'이라는 뜻으로, 실존하는 지명이다.

모두 하나같지요!... '망상증'의 조합원들입니다!... 그들이 학교에서 무얼 하며 시간을 보낼까요, 학생들과, 선생들이?... 그들은 모든 것에 대한 자기 권리를 매만지고 있습니다!... 퇴직 연금!... 고급 여가 생활! 재능! "금상"! 금상들! 각종 아카데미의 모든 자리를 차지하고 있는 모든 심사위원으로부터 받아낼 모든 상들!"

"독거 감방cabanon[29]에서 한자리 차지하길 바라는 사람은 한 사람도 없고 말이죠?"

"없지요! 대령님, 그럼요! 물론이죠! 결코 없지요!"

"당신은 독방에 감금된 적이 있었지요?"

"아 그럼요! 있고말고요! 모르고 하는 얘기가 아니에요!"

"당신의 광증은, 그렇지 않습니까, 일종의 질투인가요?"

"네 맞습니다! 물론 질투입니다, 대령님! 제 밥그릇 키우는 법을 잘 알고 있던, 저 위대한 작가님들을 보고 있노라면 참... 이들 교활함의 베테랑들이, 얼마나 많은 '대홍수' 속을, 터럭 하나 적시지 않고 헤쳐 나왔는지, 아무도 모릅니다! 진이 다 빠져요, 내가! 나는 질투 때문에, 레제다 씨, 질투 때문에 병이 날 지경입니다!... 인정해요!... 인정할게요!... 우리 진실하게 이야기 나눠봅시다, 대령님!... 그런데 지금 몇 쪽째지요?..."

---

29 'cabanon'에는 '정신병자 감금실'이라는 뜻도 있다.

그가 다시 분량을 헤아립니다... 50쪽이 안 됩니다!... 그가 잘못 센 거예요!

"계속하지요!... 아까 전에 이렇게 말했습니다, 세상에는 약삭빠르고 섬세한 문인들이 있고, 나는 더 이상 어쩔 줄 모를 정도로 그들을 질투한다고요!... 끔찍하지요!... 그 사람들 작품은 달마다 한두 편씩은 영상화된다고요!... 그리고 그 양반들의 인터뷰에 대해 이야기하자면... 대령님, 아주 멋진 인터뷰입니다!... 끝내주지요, 대령님! 끝내준다고요!... 컬러판 인터뷰든 아니든!... 벗고 나오든!... 미끈하게 나오든!... 여기에 마이크를 대고, 저기에도 마이크를 대고!... 자택 인터뷰!... 야외 인터뷰!... 자동차 인터뷰!... 바캉스 인터뷰!... 세미나 인터뷰!... 수영장 인터뷰!... 계곡 인터뷰!... 매음굴 인터뷰!... 파푸아뉴기니인들의 마을에서! 파푸아뉴기니 사람들 없이! 파푸아뉴기니 사람들을 위해! 파푸아뉴기니 사람들에 반하여! 파푸아뉴기니인의 감시 아래!... 촌각을 다투는 인터뷰!... 투르 드 프랑스Tour de France[30]와 다투는 인터뷰!... 가장 중요한 점은!... 작가 양반들의 고귀한 "자아"께서 잘 드러나시도록!... 호소하도록!... 읍소하도록!... 재차 자알 드러나시도록 이끌 것!... 눈에 잘 띄도록!... 스스로 고쳐 말하도록! 침 튀기도록!... 그 침 다시 닦도록!... 속삭이도

---

30 1903년부터 현재까지 매년 실시하고 있는 프랑스의 자전거 일주 대회.

록... 그러다가 오직 묵묵한 기도가 되게 하고!... 더는 말씀하시지 않도록!... 뾰로통하게 입을 다물도록!... 그래서 독자들은 조마조마해지고... 제발 누군가 그들의 말씀을 주워 담기를 애걸하도록, 그렇게 할 것!... 자, 상황이 그러하거늘, 대령님, 당신도 이 인터뷰에 대해서 뭔가 말할 것이 있지 않겠습니까!... 당신 말이에요!... 당신 지금 넋이 나갔어요, 대령님! 당신이 인터뷰를 망치고 있다고요! 보세요! 아주 간단한 얘기죠! 당신 태업 중이군요! 무릎 꿇으시오, 대령! 무릎 꿇어요, 바보짓 하지 말아요, 이 사람 넋이 나가서는! 안돼!... 당신 지금 어디까지 얘기했는지도 모르는 거요? 가스통이 또 못된 장난을 쳤구먼! 당신은 개념이 없소!... 당신이 지금 가져야 하는 태도는, 애원하는 태도란 말이요!... 내 말을 찬양해야 하는 거라고요!... 근데 지금 전혀 그러고 있지 않아요!... 빈정대기나 하고, 실례되는 말이나 하고 말이지, 대체 당신을 누가 보낸 거요? 궁금한데 이거... 누굴까요? 물론 당신은 대답하지 않겠지요!... 나 같으면, 나는 말하렵니다! 나 같으면 말해요, 대령님!... 나 같으면 있는 힘껏 외쳐서 답하겠소!... 계속 태업 중이시구먼! 〈피가로Figaro〉에서도, 〈위마니테Humanité〉에서도, 그리고 하느님 맙소사, 〈프라우다Pravda〉에서도 나를 싣고 싶어 하지 않습니다!... 레온[31]

---

31 러시아의 혁명가, 레온(레프) 트로츠키를 말한다. 트로츠키는 정치적으로 고립된 상황 속에서도 신간 프랑스 소설의 서평을 남길 정도로 프랑스 소설의 애독자다.

이 살아 있었다면 분명 멈출 줄 모르고 이렇게 외쳤을 게요...
"내가 당신에게 말했잖소! 내가 그렇게 말했잖아요!... 여기도
유착, 저기도 유착! 다들 결탁해 있다는 것이 명백하오!... 음
모는 지금 최고조에 달했소!"

"맙소사, 하지만 당신이 나를 도발했잖소!"

그가 놀랍니다!

"아뇨! 당신을 도발한 게 아닙니다! 나는 그저, 다른 이들,
사람들에게 사랑받는 다른 작가들이, 애원받고, 숭배받고 있
음을 소리 높여 이야기할 뿐입니다! 그들이 뱉어내는 한 단
어 한 단어, 심지어는 그들의 침묵까지도, 숭앙받지요! 그들
에게 붙은 인터뷰어들도 기가 막히고!"

"그런 인터뷰어들은 그런 작가님들께 뭐라고 말하길
래요?"

"당신 참 엄청나시다고!"

"당신처럼 말이죠? 다른 작가들과 당신은 어떻게 다르죠?"

"나는, 어떤 사소한 기법을 발명해 냈죠, 그들은 뭘 했게
요? 아무것도 발명하지 않았습니다!"

"아마도 내가, 당신이 정신 나간 자아도취로부터 깨는 걸
도울 수 있을 것 같군요! 사람들이 당신에 대해서 무슨 생각

셀린의 작품에도 관심을 보였으나, 셀린의 염세적인 작풍에 대해서는 "인생에 대
한 그의 부정적 관점이 그의 예술 세계의 날개를 얽매고 있다"며 부정적으로 평가
한 바 있다.

을 하는지 알려드릴까요? 세상 사람들의 생각을? 다들, 당신은 그저, 퍽퍽하게 굳은, 했던 말 또 하는, 입버릇 고약하고, 자만심 가득한, 끝장난 노인네라고 생각합디다!…"

"어려워 마세요, 대령님! 어떤 말도 참지 말고, 어디 계속해 보오!"

"…당신이 다시 감옥에 들어갈 거라고도 하지요! 이게 사람들 생각입니다!"

"아하, 만약 당신 손으로 날 감옥에 보내준다면, 대령님, 난 다시는 거기서 나오지 않을 겁니다!"

"…당신이 또다시 바보 같은 짓거리를 할 거라고도 합니다!"

"아뇨! 아닙니다, 대령님! 꿈 깨세요! 난 다만 사소한 발명들을 할 뿐입니다!"

"어디 그럼 계속해 봅시다! 계속해 봐요! 미치광이에 대해 이야기해 보죠! 미치광이는 물론 당신입니다! 명예욕에 미친 인간 같으니!"

"아! 당신이 쿠르시알[32]을 알고 있더라면!"

"당신은 거장이 아니오!"

"맞소!… 확실합니다! 그렇게 밝혀질 거요!"

"당신은 위대한 작가가 아니라고요!"

---

32 셀린의 소설 《외상 죽음Mort à Crédit》의 등장인물인 쿠르시알 데 페레르Courtial des Pereires를 말한다.

"맞다니까요!... 다시 한번 맞소... 분명히 맞아요!... 패션지들에 그렇게 실릴 겁니다!"

"천하의 가스통 갈리마르 씨도 당신 작품을 찍는 데 꽤나 용기가 필요했을 거요!"

"그럼요! 물론이죠! 멋지지 않습니까? 못 믿을 정도죠! 가스통 씨의 용기!"

"《신프랑스평론》 사람들은 당신에 대해 뭐라고 이야기합니까?"

"그 사람들은 권태와 피로에 빠져 있어요... 원인도 모르는 채 말입니다... 갤리선 해군 장교들의 사정이 이와 비슷했었죠... 그들도 피곤해했습니다, 왜인지도 모르면서... 그들 주변에는 갤리선 노예들이 너무 많았어요!... 그래서 장교들은, 그들 스스로는 아무 일도 하지 않았답니다! 무위가 그들의 신경에는 좋지 않았던 거죠... 무위가 그들의 몸을 쇠약하게 만들었고... 장교들을 멍청이들로 만들었습니다..."

"《신프랑스평론》에서도 사정이 그와 마찬가지라는 건가요?"

"그런 거죠! 그들은 하는 일도 없이, 기진맥진해 있어요, 원인을 모르는 채..."

"《신프랑스평론》에는 대단한 거장들이 포진해 있지 않습니까?"

"아! 그렇죠! 많이들 있지요!"

"그럼 그 거장들은 뭘 하고 있는 거죠?"

"원탁들을 꾸며내느라 정신이 없죠... 만들어내고, 앉아보고, 결국에는..."

"무슨 원탁이요?"

"아카데미에서 한자리씩 하려는 거죠! 공쿠르 아카데미를 모델로... 부두 아카데미를... 테라스 아카데미를... 은어 아카데미... 여행 아카데미... 염소와 양배추[33] 아카데미... 비키니 아카데미... 탐정 소설 아카데미... 뇌물 아카데미... 묘지 아카데미를 만들어서..."

"그리고 당신 말에 따르자면, 이것들이 다 졸작과 관련되었다는 거죠? 졸작을 위한 모임들뿐이라는 거죠?"

"당연하죠! 그밖에 또 뭐가 있겠습니까?... **대중**들은 짐승과 같고, 정신 박약이고, 기타 등등이죠, 하지만 본능의 문제에 관해서는, 당신은 절대, 단 1마이크로미터도 그들을 속일 수 없어요! **대중**들이 원하는 '전형'에서 4분의 1마이크로미터도 벗어나선 안 됩니다! 그 순응주의적이고 범박한 '전형'으로부터!... 목소리 톤이 10분의 1만 높거나... 낮아도... **대중**들은 당신을 체포해서! 갈기갈기 찢어버릴 거요!... **졸작**이 아니면 **죽음**을!... 바로 그런 거죠!... **영원한 아름다움**이 아니면 **죽음**을!... 대중이란 그런 것입니다! 그렇게 이런저런 것들

---

33 프랑스어에서 '염소와 양배추Chèvre chou'는, 상반되는 두 의견을 동시에 지지하면서 어느 쪽에도 참여하지 않는 일종의 보신주의자를 가리킨다.

이 대중의 취향에 순응했었고, 사랑받다가, 금상을 받고, 유명해졌으며, 지금도, 또 다른 이름 아래 부활하여, 여전하지요. 로자 보뇌르Rosa Bonheur, 셰르뷜리에Cherbuliez, 장폴 로랑스Jean-Paul Laurens, 그레뱅,[34] 델리Delly, 알렉상드르 다리,[35] 몬테우스Montheus, 랑송Lanson 같은 것들 말입니다... 큼직한 훈장들을 달고 있죠!... '저항'한다느니, '참여'한다느니, 창조적 파괴를 수행한다느니 하는 자들에게도, 또한 속아서는 안 됩니다! '혁씬자'들의 우레와 같은 목소리라니!... 혼란스럽습니다, 대령님!... 혼란입니다!... 그들은 다만 네오그레뱅néo-Grévin파일 뿐이에요!... 멍청한 주제에 참신하지도 못하지요!... 전통적이라고요!... 화환을 대신하여 약간의 점액과 태아들을 그려 넣는다! 그게 답니다!... 대중은 완벽하게 기대를 충족하지요!... "오! 오!" 하고 대중들은 외칩니다... "이 무슨 벼락 같은 외침인가! 그들은 우리에게 또 어떤 미래를 열어준단 말인가! 올림포스의 이름으로! 이 얼마나 활기찬가! 이 얼마나, 피비린내 나는 졸작들인가! 그들의 뮤즈가 작품을 낳았도다! 아아! 출산하는도다! 이야말로 **예술** 너머의 **예술**이로다! 말 너머의 예술이로다! **자아** 너머-너머의 예술이로다! 이들 혁씬가들은 사상을 싸지르는도다! 이 무슨 메

---

34 프랑스의 조각가 알프레드 그레뱅Alfred Grévin, 1827~1892을 말한다.
35 알렉상드르 3세교橋. 1900년 파리 만국 박람회에서 첫선을 보였으며, 프랑스와 러시아의 우애를 기념하기 위한 다리이다.

시지들이더냐!... 나 그들을 바라보노라!... 그들이 우리를 해방시키는구나! 그들은 우리를 초월하도다! 그들이 우리에게, 새로운 정신을 불어넣도다!"

"그런 이야기가 흥미로운가요?"

"아뇨! 아뇨! 하지만 분량은 뺄 수 있겠죠... 세보세요!"

그가 분량을 헤아려봅니다.

"아! 나쁘지 않아요... 아까보다 낫군요..."

"계속하지요!... '새로운 재능'이란 것이 무엇인지, 예를 들어보자면 이렇습니다. '그는 자기 할머니를 억압하였고... 할아버지를 썰었다!'"

"크게 과장된 얘기는 아니군요..."

"'그는 더 이상 아내와 관계하지 않는다... 그는 자기 남동생과 결혼할 것이다...'"

"그래서요? 그다음은요?"

"할아버지와 할머니 사이에 어떤 일이 벌어지는지는 이야기하지 않겠소..."

"왜요? 왜죠?"

"지나치게 위험하기 때문입니다! 자아의 실체 변화 속에서 우린 극심한 위험에 빠질 거라고요!... 그건 '새로운 재능'의 깜냥을 훨씬 벗어나는 이야깁니다!... 우린 "성화聖化된-안티-주동자로서의-그centre-anti-il-sublimé" 속에서 길을 잃을 거요!"

"그렇게 생각하세요?... 그렇게 생각해요?"

"그렇습니다! 쪽수를 세어보세요!"

그가 분량을 세어봅니다... 64쪽!...

"잘못 세었습니다, 대령!... 우린 여태 그거보다는 훨씬 훨씬 많은 이야기를 했다고요!"

"아니에요! 그건 아닙니다!..."

"맞아요! 맞습니다! 어쨌든... 계속 이야기해 보죠, '졸작'은 지금 열광의 정점에 다다랐습니다!... 역사적인 순간이 온 것이죠! 사교계 인간들이, 두 번의 바캉스 사이에, 네 번의 "주말" 사이에, 세 번의 "혈압" 측정 사이에, 두 번의 공증인 방문 사이에, 세 번의 은행가 면담 사이에, 그리고 연 1회의 살림 가구전[36]을 향한 돌진 사이에, 그 와중에, "내가 알지 못하는"... 완전히 새로운... 일종의 심정적 동요와도 같은, 그 어떤 것에 스스로가 사로잡혀 있음을 느끼더란 말입니다... 당신 봤소? 그거 봤어요?... 여보! 아니 여보! 거참 신비롭더군!... 그게 뭔가요? 뭘 본 거죠? 〈할머니〉란 작품 봤어요?... 여보, 1,700만 프랑이라더군!... 할머니 얼굴에 거시기가 네 개 달려 있어!... 다섯 개가 아니라오! 다섯 개가 아니야!... 어제 내가 다섯이라고 말했는데, 실은 네 개 달렸소! 포르티티오Portitio의 작품들도 그보단 못해!... 포르티티오라니 누군가

---

[36] Salon des arts ménagers, SAM. 1923년에서 1983년까지 프랑스에서 연 1회 개최되었던 최신 가정용품 박람회로, 50년대 중반에 절정의 인기를 구가했다.

요? 그 푸에고 제도[37] 출신 작가 말인가요? 매번 우라뉴으로만 그림을 그린다는? 정확히 맞소! 그리고 말이지, 600만 프랑 더 얹어주면, 그녀의 입에 "그거"를 올려준다더군!... 〈할머니〉 입에요? 그렇지! 그것도 보라색[38]으로!... 그렇게 약속했어! 좋지 않아? 좋지 않아? 좋아요! 좋아요!..."

"이젠 화가들에게까지 원한을 품으시는 겁니까? 작가들만 갖고는 모자라나요?... 당신 정말 미친개 같은 인생 낙오자구려! 분야도, 상대도 가리지 않는군요! 그럼 음악은 어떻습니까? 당신에게 있어 음악이란 어떤 것인가요?"

"클래식 음악을 말씀하시는 거라면, 그건 목마들입니다!... 현대 음악을 말씀하시는 거라면, 그건 증오의 음악이죠! 백인 음악에 대한 황인과 흑인의 증오의 총체요! 걔네가 백인들의 음악을 망가뜨리고, 짓찧고 있지요!... 그것도 아주 잘!... 곧 백인의 것들을 몽땅 다 부숴버릴 거요! 식은 죽 먹기로!"

"주의하시오! 그렇게 큰 소리로 이야기하지 말아요! 사람들이 우리 얘기를 듣고 있습니다!"

"당신이 강박증인 거요, 대령!"

"다른 이야기 합시다!..."

"사정이 그렇다면, 그래서 무슨 이야기를 하길 바라는데요? 볼베어링 얘기라도 할까요?... 아니면 토글 단추 이야기..."

---

37 남미 남단에 있는 군도.
38 보라색violet은 범하다violer와 발음이 같다.

"또!... 또 그 얘기!..."

"그래서 이제 몇 쪽이나 나왔나요?"

"...72쪽이요!... 아카데미에 대해 얘기합시다, 그쪽이 더 낫겠소..."

"아카데미에서는 어떤 것도 발명할 일이 없어요... 다만 상냥한 말투로 지껄이는 게 일이랍니다! 상냥하게 말이오! 아카데미 프랑세즈 안에 딱 한 사람 괴짜가 있는데, 바로 모리악[39]이죠... 나는 그를 볼 때마다 사마귀 생각을 했습니다!... 아니, 차라리 사마귀들을 볼 때 그가 떠올랐다고 하는 편이 낫겠군요!... 사마귀들이 가장무도회를 열고 있었습니다!... 내가 꾼 악몽 이야기예요!... 사마귀들이 전부 모리악을 흉내 내고 있었어요!... 흉내를 아주 똑같이 내더군요!... 그 곤충들이 "모리악"의 대열을 이루면서 전진했답니다!... 노벨상을 찾아 떠나는 대열이었죠!... 나는 르픽가에 있던 자택에서, 그 '모리악' 씨를 만나보기도 했지요!... 그 기억이 여전히 내게 남아 있습니다... 모리악은 사마귀 같았다니까요!... 정확하게 그랬어요!... 머리가 아예 없더군요... 곤충처럼 행동하고 있었어요... 페르난데즈[40]가 우리 집에 그

---

39 프랑스의 소설가 프랑수아 모리악François Mauriac, 1885~1970을 말한다. 모리악은 1933년에 아카데미 프랑세즈 회원으로 선출되었으며(자리 번호 22번), 1952년에는 노벨 문학상을 수상했다. 독실한 가톨릭 신자였고, 독일 점령기 때는 지하 저항운동에 참가했다.

40 프랑스의 작가, 기자, 비평가이자 한때 공산주의자에서 대독일부역자로 전향

64

를 데려왔었지요... "말해봐요, 모리악 씨는 머리가 없는 건가요? 수술해서 뗀 거요?... 아니요! 아니요!..." 페르난데즈는 모리악을 잘 알았어요... "그럼 태어날 때부터 그랬던 건가요?... 소두증小頭症자요?" 확실히 그에게는 전두엽이 없었다고요!... 그러고는 모리악을 매우 잘 아는 그 페르난데즈가 내게 그의 목소리에 대해 어떻게 생각하느냐고 묻는 거예요... "암 같지요, 어떻게 생각하오?..." 모리악의 목소리는 걸걸했습니다... 그 걸걸한 목소리가, 모리악이 아카데미 프랑세즈 회원으로 받아들여지는 데 도움이 되었다는 걸 한번 생각해 보세요...[41] "그는 해봐야 두 달... 석 달 정도 버틸 거요" 경이로운 일이죠!..."[42]

"그래서, 당신은 그럼 아카데미 프랑세즈를 비꼼으로써 뭔가 새로운 것을 발명하는 건가요?"

"그건 아니죠! 물론 그건 아니지마는! 생각해 보세요, 리슐리외 때부터 있는 기관[43]입니다! 이 얼마나 닳아빠진 농담거리란 말이오!"

"하지만 닳아빠진 건 당신도 마찬가지잖소! 내 한마디 하

한 인물인 라몬 페르난데즈Ramon Fernandez, 1894~1944를 말한다. 독일 점령기 때는 마찬가지로 대독일부역자였던 작가 피에르 드리외 라 로셀Pierre Drieu La Rochelle의 자리를 이어받아 잠시나마 《신프랑스평론》의 편집장을 맡기도 했다.
41 모리악의 푹 꺼진 이마와 걸걸한 목소리에 대한 인신공격이다.
42 모리악은 1970년까지 살았다.
43 아카데미 프랑세즈는 루이 13세 치하였던 1634년 추기경 리슐리외Richelieu의 명으로 창설되었다.

지요! 노망이 좀 덜 든 아카데미 프랑세즈 회원들도 있단 말입니다!"

"어쩌면 당신 말이 맞겠죠, 아무개 대령님! 어쨌든, 이제 몇 쪽이나 되었나요? 네?"

"다시 세보지요... 80쪽!... 그래서, 아카데미 사람들은 당신에게 뭘 한 거죠? 말해보세요!"

"아무것도 안 했습니다!..."

"혹시 아카데미에 들어가고 싶어요?..."

"아! 아뇨!... 아니요, 아닙니다!... 아카데미 프랑세즈의 노인네들은 거기서 원숭이 꼴이 되어, 대중들에게 비웃음이나 살 뿐이죠... 공쿠르 아카데미 회원들은 보다 냉정해서, 아예 그들보고 나가 죽으라는 입장입니다..."

"정말 이 얘기를 다 인터뷰에 써도 되나요? 이게 독자들에게 흥미로울 거라고 생각해요?"

"아닐지도 모르죠... 어쩌겠어요!... 가스통은 내게 이렇게 말했습니다. "서두르시오! 사람들 입방아에 오르내리도록 하란 말이오!..." 나는 내가 할 수 있는 걸 할 뿐이에요.."

"당신의 "감정적인 것"에 대해 다시 이야기해 보면 어떨까요? 당신의 소위 "감정적인 문체"에 대해서 말입니다."

"그게 흥미를 끌 거라 생각하세요?"

"아뇨! 그렇게 생각 안 합니다... 정말이지, 그렇게 생각 안 해요! 내 입장에서 당신에게 해줄 수 있는 말이라곤 그저...

사람들이 당신의 소위 "감정적인 문체"에 대해 어떻게 생각하고 있는지, 대략의 반응뿐입니다... 모든 계층 사이에서의 반응 말이에요!... 대중들... 예술가들... 군인들!..."

"계속 말씀해 보세요! 드디어 당신이 나를 돕는군요!... 몽땅 말해봐요!"

"교양 있는 사람들의 견해입니다... 그리고 그 밖의 다른 모든 계층의 모든 사람들의 견해죠!"

"듣고 있어요! 경청 중입니다!"

"당신의 그 빌어먹을 소설들에 대한 견해가 듣고 싶어요?... 아니면 당신 자신에 대한 평판이나... 당신의 글쓰기 방식에 대한 견해가 듣고 싶어요?"

"말해보시라니까요!"

"당신의 은자隱者 연하는 태도에 대한 견해가 듣고 싶어요?... 절대로 "연극을 연기jouer le jeu"[44]하지 않는 당신의 태도에 대한 견해가 듣고 싶나요?"

"어떤데요? 어떤데요?"

"당신은 프랑스 문단 최악의 타르튀프[45]랍니다! 이상!"

"아! 좀 더 강한 게 나올 줄 알았는데 말이죠, 당신에게서

---

44 숙어적으로는 '기존의 관례를 존중하며 어떤 행동에 참여한다'는 뜻이지만, '연극을 연기하다'로 해석할 수도 있다. 앞서 가스통이 '나'에게 채근한 '일하다' 역시 원문에서는 'jouer le jeu'로 표현했다.

45 극작가이자 배우인 몰리에르Molière의 동명의 작품에 나오는 인물로 위선자, 사기꾼의 대명사와도 같다.

는 좀 더 강한 말이 나올 줄 알았단 말입니다!... 대령!... 이미다 다른 사람들에게서도 들은 얘기요!... 열 번이고!... 백 번이고!... 게다가 아까 당신이 한 얘기보다 좀 더 생생한 표현들이었소!... 황산 같은 단어들이었지! 당신은, 당신은 너무싱겁습니다!"

"정말이에요?"

"정말로 다 들어봤다니까요!..."

"그럼 당신의 장점에 대해서는요?... 경탄할 만한 점도 좀봐봅시다... 사람들이 당신의 경탄할 만한 점에 대해서는 아무 얘기가 없던가요?... 당신 뭔가 멋진 일은 해본 적이 없나요?"

"아! 있습니다! 대령! 있어요! 있고말고요! 자, 레제다 대령님, 드디어 당신이 나를 이해하기 시작했군요!... 어떻게 말해야 할지 감을 잡기 시작했군요! 브라보! 당신이 방금 얼마나옳은 말을 했는지!... 나는 여러 차례 찬탄받았지요! 가장 마지막으로는, 지브롤터 반도 전방에서였소!"

"잠깐만요! 받아 적겠소... 잠시만 기다리세요! 내 수첩! 내 연필!..."

"지금 몇 쪽째입니까?"

"90쪽!... 그래서 지브롤터라고요?... 지브롤터가 뭘 어쨌는데요?"

"네, 지브롤터 말입니다 대령!... 지브롤터 앞바다에서!...

우리는 킹스턴 코넬리언Kingston Cornelian이라는 조그마한 영국 쾌속정을 침몰시켰어요... 배를 두 동강 내고 지나가버린 거죠! 사람이고 짐이고 그대로 몽땅 가라앉힌 거예요... 22노트로 항해 중이던 우리 배가! 생각해 보세요! 우리 배는 1만 1,000톤짜리였다고요! 걔네는 '아이고' 소리도 못 내고 가라앉았어요! 우린 커다랗고, 걔네는 조그마했고, 비명지를 시간도 없었죠!"

"그래서요! 그래서요!"

"'그래서요'고 뭐고 없단 말입니다! 나는 군함 셸라Chella의 선의船醫였어요! 멋진 배였습니다 대령, 셸라!... 뱃머리부터 후미까지 완전 무장한 배였죠! 우리가 그 뻔뻔한 영국 배의 허리를 가르고 갔던 거예요! 그 배에 실려 있던 모든 기뢰가 폭발했습니다!... 그게 우리 배를 16미터만큼 긁어놨었죠! 선체에 긴 방향으로 16미터의 피해!... 반면에 그쪽 꼴하고는, 바닷물 아래 못자리 파인 것처럼 됐더군요, 굉장했답니다! 완전 침몰이었어요! 완전 침몰!... 언제나 트라팔가르 해전[46] 때처럼 되는 건 아닌 거예요... 그들이 우릴 군사 재판에 넘기려 해보기도 했었다만, 허사였답니다!... 너무 늦었거든요! 너무 늦었다고요. 우리는 22노트로 달리고 있었답니다, 대령!"

---

46 1805년 영국의 넬슨 제독이 프랑스와 스페인 연합 함대를 상대로 대승을 거둔 전투.

"목소리 낮추세요! 그렇게 큰 소리로 말하지 말아요!"

그가 내게 속삭입니다.

"목격자들이 있었나요?"

"많았지요! 당연한 소리를! 목격자가 많았습니다! 일이 터진 게 밤 11시 정도였고... 그 배는 요새에 정박하고 있었죠!... 적어도 백 대의 탐조등이 우릴 비추고 있었어요!... 요새 전체가 봤을 겁니다! 에피네에 있는 스튜디오[47]보다도 더 밝았지요!"

"못된 비유군요"

"진짜 무슨 영화 촬영 같았다고요!..."

"그래서 지금 자랑하시는 거예요?"

그가 받아 적기를 멈췄습니다...

"아뇨!... 자랑하는 게 아닙니다, 그냥 그랬다고요!... 그리고 6년 뒤에, 내가 덴마크 코펜하겐 베스터팡슈텔Vesterfanstel 감옥 K동, "덴마크 사형수들"을 위한 그 K동에서 2년간 옥살이를 했던 것 역시 그리해서 그렇게 된 거였습니다..."

"자업자득이죠!"

"아니라고요, 비굴한 사람 같으니! 아뇨! 절대로! 절대 그렇지 않습니다!... 그놈들은 그러고도 또 나를 5년이나 발틱 해안가에 처박아 놓았다고요... 아주 괴상하고 좁아빠진 오두

---

47 프랑스 에피네쉬르센Épinay-sur-seine에 설립된 영화사 에클레르Éclaire의 스튜디오.

막집이었는데 살림살이하고는 감옥보다도 20 아니 25등급 아래였답니다! 그것도 자비 부담으로!... 젠장, 내 돈 내고!"

"왜죠?... 어떻게 그렇게 된 거죠?..."

"자기들은 몰랐다는 거죠... 원칙적으로!"

"덴마크 사람들은 원래 그런가요?"

"그렇습니다, 하지만 관광객들에게는 비밀이지요."

"관광객들은 그걸 못 깨닫나요?"

"못 깨닫습니다! 그들은 깜빡 속아 넘어가 입을 쩍쩍 벌리고는, 그걸로 끝이죠! 관광객들보다 더한 멍청이들은 없어요! 관광객들은 거드름 피우는 망나니가 되어 여행을 떠났다가... 돌아올 때는 한층 더한 거드름과 한층 더한 망나니끼를 갖추고 돌아오죠!... 가이드들의 허튼소리에 흠뻑 취해서는..."

"덴마크인들은 관광객들에게 무슨 이야기를 하나요?"

"안데르센에 대해서, 햄릿과 키르케고르에 대해서 이야기하지요.."

"당신 생각으로는, 그 사람들 말고 덴마크에 또 누가 있지요?"

"자콥 자콥슨 당프![48] 덴마크의 미라보Mirabeau[49]라고 할

---

48 자콥 자콥슨 당프Jacob Jacobsen Dampe, 1790~1867는 덴마크의 신학자, 정치 활동가이다. 절대 왕정의 혁파를 주장하다가 20년간 옥살이를 했으며, 출소 후에도 8년간 가택 연금을 당했다.

71

수 있습니다, 덴마크인들에게 사형을 언도받았다가, 후에 20년 형으로 바뀌었지요!"

"덴마크 사람들은 그 당프라는 사람에 대해 일언반구가 없는지요?"

"없어요, 한마디도 없지요!... 덴마크에 가본들 그의 이름이 붙은 골목 하나를... 거리 하나를... 하다못해 기념 동판 하나를 찾을 수가 없답니다..."

"내 기억에, 언젠가 당신이 덴마크의 감옥에서 많은 죄수들이 살해당했다고 했던 것 같은데요?"

"물론이죠!"

"증거 있어요?"

"물론이죠! 하지만 죄수 살해가 덴마크인들을 다른 민족들로부터 구분해 주는 특징인 것은 결코 아니외다!... 아닙니다! 결코 아니에요! 온 세상의 모든 감옥에서, 정상적으로, 의례적으로, 살해가 일어나고 있는걸요!"

내 말에 그가 웃습니다!...

"그럼 한 몇 시쯤 그런 일이 일어났는지, 물어봐도 될까요?"

"대강 밤 11시... 자정 무렵이었죠, 대령님!"

"잘 아시는군요!"

---

49 오노레가브리엘 리케티 드 미라보Honoré-Gabriel Riqueti de Mirabeau는 프랑스의
    문필가이자 정치인으로 절대왕정에 반대하는 저술 및 정치 활동을 하였으며 달변
    으로 명성을 얻었다.

"그럼요! 물론이죠! 아주 정확하게 알고 있죠!..."특별
빵"[50]...이라고 거기서는 불렀는데... 12-13실, 대령, 12-13실
감방이었답니다! 사면에 고무가 씌워져 있었죠! 잘 기억해
두세요... 그런 것들은 절대 관광객에게 보여주지 않아요!..."

"다른 이야기 합시다! 사람들이 우리 이야기를 듣고 있어
요!... 당신의 '기법' 얘기를 좀 더 해봅시다!"

그가 다시 종이 뭉치를 쥐고 필기를 시작합니다... 내가 보
기에 지쳐서 짜증이 난 듯합니다...

"당신의 기법이라?... 그래요... 당신의 발명에 대해서!... 당
신은 그 '발명'에 집착하지요, 그렇지 않습니까! 당신의 발명
이란 거는, 당신의 편재遍在하는 "나"죠!... 퍽 재미있는 농담
이외다!... 영원한 "나"라니! 다른 사람들은 조금은 더 겸손
하다고요!"

"아! 대령, 대령!... 나야말로 겸손의 화신입니다! 나의 "나"
는 결코 건방지지 않아요! 나는 아주 조심스럽게만 나의 "나"
를 선보입니다!... 말도 못하게 조심한다고요!... 나는 "나"를
언제나, 완전히, 아주 조심스럽게, 똥으로 뒤덮습니다!"

"그거참 멋지군요! 자부심을 가질 만도 하겠소! 그럼 당
신에게, 저 썩은 내 풀풀 풍기는 "나"가 무슨 소용이 있는 겁
니까?"

---

50 덴마크어 은어인 'pip-cell'에서 따온 신조어로, 특별 관리 대상 수인들이 머무는
    감방이다. 사방을 고무로 발라 자살을 방지한다.

"장르의 법칙입니다! "나" 없는 서정 문학은 없어요, 대령! 적으시오, 적어요, 대령!... '장르의 **법칙**'이라고!"

"대단한 법칙이군요!"

"옳은 말 하셨소! "나"라는 것은 어마어마하게 값진 거라고요!... 쓸 수 있는 도구들 중에서도 가장 비싼 겁니다! 특히 익살스러운 "나"가 그렇죠!... "나"는 나를 봐주지 않아요! 특히 우스꽝스러운 서정 시인이라면!"

"왜 그렇지요?"

"필기하시오! 하고 또 하셨다가! 나중에 다시 읽어보세요... **진실로 우스꽝스러워지기 위해서는 죽다 만 사람보다도 더 죽어야만 합니다!** 이상! 세상 사람들이 당신을 **떨어트려** 놓게끔 해야 합니다."

"그럴 줄 알았소! 그럴 줄 알았어!..."

"옳소!"

"그럼 다른 사람들은 어떤데요? 다른 작가들은요?"

"그놈들은 속이고들 있어요!... 떨어져 나온 체하지만, 실은 그렇지 않습니다... 정말로! 결코 그렇지 않아요! 돼지, 사마귀 같은 방탕아들! 우주를 등쳐먹을 바리새인들!"

"똥이 묻고 "떨어져 나온" "나"라고요?... 제가 제대로 이해했다면, 이게 공식인가요?..."

"그건 공짜로 얻어지는 게 아니에요, 대령!... 아닙니다!... 공짜가 아니에요!... 오해하지 마세요, 그에 따라 살려면 공기

74

가 필요합니다!... 공기 정도는 있어야죠!... 필요한 건 공기가 답니다!... 공짜는 아니죠!..."

"좋습니다! 그 결과가 어떤지는 아시겠죠..."

"말해보시오, 대령! 어서요!"

"당신의 소중한 "세상의 중심의 배꼽"이... 당신의 참아줄 수 없는 영원한 "나"가... 독자들을 제대로 엿 먹이고 있소이다!..."

"아주 정확하게 말씀해 주셨습니다!... 하지만 친애하는 레제다 대령, 당신 덕분에 얼굴이 붉어지는군요! 맞아요, 나는 얼굴이 붉어집니다, 바로 당신 때문에요!... 배웠다는 양반이! 이런 것도 전혀 이해를 못 하고! 우스꽝스럽든 슬프든, 모든 서정 시인들의 드라마는, 바로 그들의 편재하는 "나"란 말입니다!... 정확하게! 모든 종류의 소스에 찍어서... 그들의 "나"의 독재... 그들의 "나"에 그들 자신은 홀리지 않아요, 맹세코 그렇지요!... 하지만 어떻게 그 "나"를 피해갈 수 있겠어요?... 장르의 법칙입니다!... 장르의 법칙!"

"왜죠?... 왜죠?..."

그가 글을 새깁니다... 정말이지, 그는 쓰고 있습니다...

"잘 들으시오, 대령, 예를 하나 들게요. 당신 말입니다! 당신 해수욕하러 갈 때도 신사모에 정장 차림이지 않나요? 아니에요? 그렇지요?"

"그게 무슨 상관인가요?"

"서정성과 바다 사이에, 무슨 상관이 있냐고요?... 모든 것을 일일이 내가 다 설명해 줄 수는 없습니다, 대령! 몇 시간씩 걸릴 거예요!..."

"추잡한 관계인가요?"

"그렇기도 하고 아니기도 하죠... 해변에서 그 짓을 하면 안 된다는 겁니다!..."

"이 무슨!..."

"자세하게 설명해 드리죠... 만약 당신이 사교계의 예술가라면, 그러니까 사교계를, 후원인들을, 이런저런 위원회를, 대사관을, 영화계를 위한, 그런 예술가라면, 자기소개를 할 때 어떻게 하겠습니까?... 옷을 입고 하죠, 물론입니다!... 멋진 정복을 입고!... 당연한 얘기지요! '졸작'의 한 장면처럼!... 그래야 합니다!... 하지만 만약, 당신이 '서정적'인 편의 인간이라면 어떨까요? 날 때부터 서정적인... 진정한 서정 시인이라면? 그렇다면 더는 그렇게는 안 됩니다!... 이제 당신의 본성에 정장은 어울리지 않아요... '신경'을 있는 그대로, 당신은 당신을 있는 그대로 던져야 합니다, 당신을 그대로 제시해야 합니다!... 당신의 신경을, 있는 그대로!... 당신의 신경을!... 다른 사람의 신경이 아니라!... 아, 그래요, 다른 사람의 것이 아니라! 바로 당신의 것을!... 다 벗은 것보다도 더욱 적나라하게!... 속살까지!... "전라"보다도 더욱 적나라하게!... 그리고 당신의 모든 "나"를 앞세워서!... 과감하게!... 속임수 없이!"

"적어두죠."

"그러세요, 대령! '외설'입니다! '노출증'입니다!"

"참 적절한 얘기로군요!"

"하! 엉터리 배우의 최후죠!"

"당신은 발명가이기도 하죠?"

"그렇습니다!... 사람들이 참 많이도 베껴먹었죠! 보면 알아요!... 사람들은 아직 내가 서정적임을 용인한다지만... 하지만 그건 희극적 서정이라고요!... 나는 그 딱지를 피할 방도가 없어요!... 확실한 폭력이죠!"

"서정성이란 건 그닥 프랑스스럽지 않아요.."

"대령, 옳은 말씀입니다! 프랑스인들은 너무나 오만해서, 다른 사람들의 "나"를 보면 발칵 화를 낼 정도지요!..."

"그럼 영국인들은요?... 독일인들은요?... 덴마크인들은요?... 그들 역시 "나" 앞에서... 다른 이의 "나" 앞에서 신경을 곤두세우나요?... 당신 말씀처럼?..."

"아! 숙고하면서... 그에 대해 생각하면서... 그렇지요, 그 사람들이 좀 더 음험할 수 있고... 조심스러울 수는 있습니다만... 그게 답니다!... 조금은 덜 신경질적이고... 하지만 어딜 가든 다를 바 없어요, 누구도 다른 이의 "나"를 좋아하지 않습니다!... 중국인들, 발칸반도 사람들, 색슨족들, 베르베르인들[51] 모두!... 마치 다른 사람의 똥을 싫어하는 것과 마찬가지죠, 아시겠어요?... 모두가 자기 똥 냄새는 기가 막힐 정도로 잘 견뎌냅니다만, 예컨대 당신이 좋아하는 에스텔 양, 뭐 그렇다고 합시다, 에스텔 양의 똥 냄새는 당신에게 에스텔보다야 훨씬 덜 매력적일 것이고, 당신은 "환기! 환기시켜!"라고 울부짖겠지요…"

"당신은 정말이지 빈틈없는 쓰레기로군요!… 당신에게 서정성은 구실에 지나지 않아요.."

"날 믿어봐요, 대령! 나는 모욕 한두 개 정도야 아무렇지도 않게 여깁니다!… 카이사르가 일단 무법자가 되면, 암살자들밖에는 마주치지 못하지요… 아니 카이사르가 될 것까지도 없어요!… 자!… "법의 바깥에 서자" 사람들은 내게서 모든 것을 훔쳐갔습니다!… 당신에게 지금 말하고 있는 내게서!… 그리고 날 온갖 죄목으로 고발했죠! 당신에게 지금 말하고 있는 나를! 무엇보다도 바로 내 가족들이 그랬습니다!… 나를 살인자 취급하더군요!… 내게 그렇게 써 보냈어요!… 이유를 잘 들어보세요, 내가 내 어머니를 죽였다는 겁니다!… 그러니까 이제 당신도, 그렇지 않습니까, 대령!… 이제 내게 더 듬거릴 수 있는 건 몽땅 다 털어놔 봐요!…"

"가족에게 뭘 한 겁니까?"

"아무것도 안 했습니다!… 나는 감옥에 있었어요.."

"그럼 뭐 때문에 그런 소리를 들은 거예요!"

51 북아프리카 토착 민족.

78

"가족들이 내 재산을 뺏어간 거죠... 내가 상속권을 주장할까 봐 두려워한 겁니다..."

"그래서요? 그래서요?"

"그 말인즉 당신의 별것도 아닌 욕지거리로는 내게 큰 인상을 남길 수 없다는 거죠!"

"그거 다 적을까요?"

"몇 쪽 나왔는지 세어보세요!"

"정확히 100쪽입니다!... 아카데미에 대한 당신의 견해도 실을까요?"

"그리 나쁘지 않겠죠... 그러세요! 다 용인된 농담들입니다!... 움츠러들지 말아요, 그게 답니다!"

"좋습니다!"

"정말 멋진 인터뷰로군요! 당신은 내게 시비나 걸고, 거의 아무것도 돕지를 않고!..."

"다른 주제로 넘어가지요!... 은어argot에 대해 좀 아시죠?... 은어에 대해 좀 말씀해 주시겠어요?"

"네, 그럼요! 알겠습니다, 그럼요!... 은어란, 독자를 대단히 잘 끌어올 수 있는, 증오의 언어입니다!... 혼을 쏙 빼놓는 거죠! 당신 마음대로! 독자는 상명청이처럼 멍하니 있고!..."

"좋군요!... 그거 나쁘지 않아요!"

"하나 조심하셔야 합니다! 왁!... 한마디 덜 했어요, 은어가 주는 '감정'은 재빨리 소진되더라 이 말입니다! 두세 번의 반복이면! 두세 번의 그럴듯한 힐난이면... 독자는 제정신을 차려버리죠! 은어로만 쓰인 책은 《회계 감사원 보고서》보다 지겨운 거랍니다..."

"왜죠?"

"독자가 변태이기 때문이죠! 독자는 가면 갈수록 더 강한 은어를 원한단 말입니다!... 어떤 예를 들어야 당신이 알아들을지요..."

"예를 한번 들어보세요."

"아하! 대령, 잘 생각해 보세요, 여기 은어만큼 톡 쏘는 피망이 있습니다!... 하지만 피망만으로 차린 점심 식사라니 그건 그저 못 돼먹은 장난일 뿐이죠! 독자들이 당신을 지옥으로 보내버릴 겁니다! 독자는 당신의 요리를 접시째 뒤엎습니다! 지랄 같은 입맛이죠! 당신의 독자들은 그렇게, '졸작'들로 돌아가 버리는 겁니다! 당연한 일이죠!... 은어는 매혹적이되 붙잡아두는 힘은 약해요... 마치, 어느 부인을 유혹해낸 신사가, 잠깐 동안은 좋아 죽다가도, 이내 스스로 힘이 부침을 깨닫는 것과 마찬가지죠. 산맥의 비경을 보여주겠노라고 부인과 약속한 그는, 그리하여 숲들을 밀어버리려 했으나... 첫 번째 잡목림에서 무릎을 꿇고 마는 것입니다!... 그는 제발 봐달라고 빌죠!... 이것이 은어와 행동 사이의 관계입니다!... 생각해 보세요, 한 죄수가 창녀 애인에게 보내는, 은어로 쓴 편지를 한번 생각해 보세요... 그 편지에는 얼마나 허세가 가득합니까! 그 편지는 이제, 바르베스 대로에서 라프 거리[52]까지의, 모든 "진실하고-진실한" 소규모 바들을 전전하며, 돌려 읽힐 운명이죠!... 마치 후작 부인의 편지들, 열정적인 문체로 쓰이고, 과일 향을 풍기는, 놀라운 내용으로 가득한 그 편지들이, 성에서 성을 전전하며 사람들을 기절시키도록 쓰인 것처럼!... 성의 여인들은 그 편지들을 놓고 수다를 떨고, 막말을 내뱉고, 침을 튀겨가면서 페리고르에서 보베지[53]까지 돌려 보는 겁니다!... 기둥서방들의 편지도 이와 마찬가지입니다!... 잘 보세요, 보면서 웃어봐요, 자신의 창녀 애인과 단짝 친구들에게는, 피비린내 나는 은어로 가득한 글을 써재끼는, 바로 그 살인자-작가가, 자기 예심 판사에게는 자바네[54]를 전혀 쓰지 않고 편지를 쓰는 모습을!... 안 돼! 뜬구름이여 모두 걷히어라!... 적합한 말투로 써야 한다! 진지하지 않으면 안 돼!... 비극의 목전에 닥쳤을 때, 진정 인간이라면 (영화에서는 아닙니다!) 더는 은어를 쓰지 않습니다!... 초등교육이 당신을 구합니다!... 은어는 당신을 죽입니다!"

"결론이 뭡니까?"

---

52 바르베스Barbès 대로는 파리 18구에, 라프Lappe 거리는 파리 11구에 위치한다.

53 페리고르Périgord는 프랑스의 남서쪽에, 보베지Beauvaisis는 프랑스의 북쪽에 위치한 지역이다.

54 자바네javanais는 19세기 후반부터 쓰이기 시작한 은어의 일종으로, 단어의 음절 사이에 'ja'나 'av' 따위의 의미 없는 발음을 덧붙여 사용한다. 예를 들어, 안녕을 뜻하는 '봉주르Bonjour'는 자바네로 '바봉자부르Bavonjavour'가 된다.

"은어에도 자기 역할은 있습니다, 그럼요!... 물론이죠!... 마치 피망의 예와도 같은 거예요!... 피망이 없다고요? 그럼 당신 죽은 죽 쑨 거죠!... 피망이 너무 많아요? 그럼 없는 것보다도 더 죽 쑨 셈입니다!... 요령껏 활용하는 것이 필요하다 이겁니다!..."

"조금 전에는 "나"에 대해 말씀하시더니!... 이제는 은어에 대해 이야기하는군요!"

"아니 대령! 주제를 바꾼 건 당신이잖아요! 당신이 은어 이야기를 꺼냈잖습니까!"

"아 그랬죠! 그랬죠! 그럴 수도 있죠..."

"지금 몇 쪽째인가요?"

"100쪽!"

그는 아직도 100쪽에 머물러 있습니다!... 나 보라고, 그가 종이 뭉치를 거꾸로 다시 세어줍니다!... 멍청이가!

"사랑에 대해서 좀 얘기해 보면 어떨까요 우리?"

"아! 목소리 낮추세요! 낮춰요!... 사람들이 듣고 있다고요!..."

"누구요? 어떤 사람들이요?"

근처에 고양이 한 마리 없었습니다!... 우린 아주 가까이 붙어 있고... 내가 그렇게 큰 목소리로 이야기하지도 않았어요!... 정말입니다! 이 대령이란 작자는 미치광이입니다!... 우선 두 눈이 맛이 갔어요!

"비극적인 일은 아무것도 일어나지 않아요, 대령! 우린 아무 얘기라도 다 할 수 있다고요! 어떤 주제로라도!... 그렇게 생각하지 않아요?... 이건 격식 없는 인터뷰라고요! 자! 격식 없이... 나는 당신에게 사랑과, 사랑 이야기를 담은 샹송에 대해 이야기하자고 제안한 바입니다... 그게 공원에서 이야기하기에는 부적절한 주제인가요?... 공원에서는 사랑 노래 이야기를 좀 하면 안 돼요?... 내가 샹송 하나 불러볼까 하는데 싫어요? 대중적 서정성의 한 예를 들어주려는데?... 나는요, 한때는 샹송으로 먹고살았다고요!"

"당신이요?"

"네... 충실한 사랑! 간지러운 애무!... 영원! 감미로움, 뭐 이런 것들을 내 맘대로 주물러댔죠! 한 곡 들어보시겠어요?"

"아뇨! 아뇨! 아뇨! 나 갑니다!..."

"가지 마세요! 잠깐! 앉아 있어요, 대령! 노래 안 부를게요!"

그가 자리를 떠났습니다!... 진짜 가버렸다가!...

도로 자리에 앉습니다...

"자 이제, 생각해 보세요, 그런 말들을 지껄여 댄 건 누굴까요?"

"누군데요?"

"사랑 노래를 불러대는 가수들이지 누구겠어요!... 걔들한테는 안 되는 게 없죠! 빌어먹을, 서정으로 썩어버린 것들! 서정으로 호가호위하는 사기꾼들! 그들이 "나"에게 바라는 그 모든 것들이란!... 그칠 줄을 모르는 그놈의 "나"! 그들의 소중한 "나"! 생각해 보세요! 그놈들은 제 옆에 온 인류를 끼고 놉니다! 우리 '종'을요! '재생산'의 음유 시인들이죠! 1년에 365일은 봄바람이 났죠!... 어느 사랑 노래 가수의 가치란, 그놈 불알의 튼실함이 결정하는 겁니다!..."

"독자들 기겁하게 만들고 싶어요?"

"아! 전혀 아닙니다! 내가 말을 안 가리고 하고 있긴 합니다만, 대령, 이 점에 있어서는, 고백하건대, 꾸며낸 말이라곤 아무것도 없어요!... 대가리가 둘 달린 짐승[55]이란 괴이한 거예요! 어제오늘 일이 아닙니다! 그럼요! 태초부터 그랬어요! 대가리 둘 달린 짐승은 돼지만큼 음탕하지요... 그 짐승이 뭐라 말을 합니다! 자신합니다! 하나 실제로는 전혀 그렇게 되질 않아요!... 웃음거리에 지나지 않지요! 그런 겁니다! 그에게는 돼지만 한 정력이 없어요!... 모자라죠! 한참 모자랍니다!... 남자란, 사랑의 대업에 있어서만큼은... 의욕만 앞선 불쌍한 허풍선이일 뿐입니다!... 파리보다도 두 단계 아래죠! 그렇습니다, 대령! 파리보다도 못나고 못난 놈이에요! 남성의 잠시 동안의 간질 발작[56]이라? 여성에게 어떠냐고요?... 준비 운동 정도밖에 안 돼요.. 작은 선물밖에는 안 된단 말입니다! 그러면 빨아야죠! 점잔 빼면서 사랑의 맹세를 해야지요!

---

55 남성기의 귀두gland를 "페니스의 머리tête du pénis"로 부르기도 한다.
56 남성 오르가즘의 순간을 간질 발작에 빗대고 있다.

그러고 나면?... 탈진해서 일주일 내내 뻗는 겁니다! 동물계에서 가장 연약한 신경계라 할 수 있죠!... 이건 진리입니다! 파리랑 비교하면 어떻냐고요? 분당 백 발을 쏴재끼는 놈이랑 비교를 해요? 티탄 신[57]입니다, 대령, 인간 남성과 비교하면 파리는 진정 티탄이에요! 티탄!"

"그렇게 생각하세요?"

"그렇습니다! 돈 후안의 모든 고뇌는 그가 파리만큼 정력이 강하지 못한 데서 온 겁니다!"

"이걸 인터뷰에 싣겠다고요?"

"안 될 게 뭐 있어요?... 난 그렇게 생각합니다! 방금 한 말도 다른 것들만 한 가치가 있어요! 사람들은 쉽게 쉽게 배움을 얻는 것을 좋아하지 않습니까!..."

"가스통에게도 방금 얘기가 흥미로울까요?"

"아뇨! 그럴 리가 없지요! 분명 신경도 안 쓸 겁니다!... 우리 인터뷰가 가스통의 금고에 해를 끼치지 않는 한!... 재정 적자를 내지 않는 한!"

"가스통을 정말로 속물로 보시는군요!..."

"아뇨, 하지만 그는 부자잖아요.."

"그래서요?"

"부자들은 금고예요..."

---

57 그리스 신화에서, 올림포스 신족이 등장하기 이전 세계를 지배했다던 거인족.

"그 말인즉?"

"그들은 자기 "금고"를 생각합니다... 금고가 보다 더 보다 더 커지고, 보다 더 보다 더 단단해지고, 보다 더 보다 더 견고해지길 바라는 거죠... 나머지는 정말 신경도 안 써요! 가장 큰 것보다 더 크게, 가장 가득한 것보다 더 가득하게, 세상 모든 군대로부터 긁어모은 모든 탱크들 중에서도 가장 단단하게 강화된 장갑들보다도 더욱 단단하게!... 그것이 그들의 이상입니다! 이게 그들의 관심을 끄는 전부예요! 그런 만큼, 그들이 보기에는 제게 말 걸어오는 모든 이들이 귀찮고 수상쩍은... 강도 비슷한 놈들... 불법 침입자들처럼 보이는 것입니다..."

"적어두죠! 하지만 폴랑의 경우는요?... 그는, 폴랑은 '금고'가 아니죠?"

"아니죠!"

"그래도 폴랑은 《신프랑스평론》을 존중하잖습니까, 어쨌든!"

"'존중'이란 게 폴랑의 밥벌이 수단일 뿐입니다!"

"그가 인터뷰를 출간해 줄 거라고 생각하세요?"

"맙소사! 원치 않는다면 내팽개치겠죠 뭐!"

"통과된다면요?"

"쪽당 3,000프랑씩은 지불할 겁니다! 같은 일을 한다고 치면, 폴랑은, 자기 가정부에게는 훨씬 더 많이 지급한다고요!

그것도 순순히!"

"폴랑에게 가정부가 있어요?"

"제기랄!... 내가 가장 질투하는 게 그 가정부예요!... 그 점에 있어서 난 그를 용서할 생각이 없소!..."

"당신은 참 고약한 사람이고... 질투에 찬 사람이구려!"

"네! 네 그럼요!... 나는 시급을 주고 가정부들을 부리는 저 모든 사람들에 대해 내가 끔찍한 질투심을 품고 있다는 걸 숨길 생각이 없소! 절대로 자기 손으로는 설거지를 하지 않는 모든 작자들에 대한 질투심!... 나는 말이죠, 대령, 가정부를 부리지 못한 지 20년이 되었습니다!... 1차 세계 대전 상이용사인 내가! 문학과 의학의 천재인 내가 말이오! 가정부를 두고 있는 모든 작자들이 그러니까 그만큼 뻔뻔한 얼간이들이며 게으름뱅이에 방탕아들이란 말입니다! 그놈들 전부를 목매달아 버려야 해요, 대령! 목을! 샹젤리제에서! 대낮에! 이들이야말로 진정 증오스러운 계급이란 말입니다! 커튼의 한쪽 끝이나 다른 쪽 끝으로 묶어서! 최후의 말도 듣지 말고! 물론 당신도 가정부를 한 명 두고 있겠죠, 그렇죠?... 가정부를 부리고 있지 않습니까? 그럼 당신 목도 거기 예약이오!"

"네, 한 사람 두고 있다는 걸 인정하지요!..."

"그리고 당신은 퇴직자이기도 하죠, 내 말이 틀렸습니까?"

"맞습니다!..."

"단순한 퇴직자인가요, 아니면 '퇴직 연금 수령자'인가요?"

"수령자입니다..."

"그럴 줄 알았어요... 결국!... 사회 보장 제도에 기대 아무 것도 하지 않고... 곧 중국인들이 몰려올 거라는 게 참 다행스럽군요!"

"중국인들이 왜 몰려와요?"

"끝장내려고요! 그 천치 같은 연금을! 당신들더러 "쏨-양-쩌-키양"[58] 운하를 건설하게 하려고요!"

"그렇게 될 거라는 걸 당신이 아세요?"

"네, 나는 압니다!"

"이 얘기 인터뷰에 실을 거예요?"

"그럼요! 난 그렇게 생각합니다! 그리고 좀 더 자세히 얘기하자면..."

"아뇨!... 됐어요!... 그만!..."

그가 자리에서 일어납니다... 그대로 떠나버리려고 합니다! 나는 그를 붙잡습니다!

"정치 이야기 더 할 거예요?"

"아뇨!... 맹세코 다시 안 할게요!... 그냥 별거 아닌 얘기였어요!... 방금 이야기했던 운하란 것은... 그렇잖아요? 장난감 운하 얘깁니다!... 끝에서 끝까지 따져봐야, 주먹 하나만

---

58 1차세계대전 중 수많은 중국인 노동자(쿨리)들이 유입된 프랑스의 솜Somme 지방과, 양쯔 강Yang-Tsé-Kiang을 합성한 말장난으로 보인다. 쿨리들은 주로 영국군에 의해 고용되어, 진지공사 따위에 동원된 뒤, 일부는 프랑스에 잔류하여 많은 후손을 보았다.

한!... 찻숟갈... 해봐야 찻숟가락만 한 크기밖에 안 되는 운하예요!..."

"그럼 그게 농담이라고요? 웃자고 하는 소리였다고요?"

"그럼요, 당연하죠, 대령! 그걸 진지하게 듣고 있었어요? 자! 다시 쪽수를 세어보세요! 쪽수를 세어봐요!《신프랑스 평론》편집부 사람들도 웃어야죠!"

...110쪽이랍니다.

"아직 모자라다고 생각하세요?"

"네! 그럼요! 대령! 폴랑이 폐기할 분량도 생각해야죠!"

"폴랑이 그런 짓도 해요?"

"네! 뜯어내서 화장지로 써버린다니까요!"

"당신의 걸작들을 가지고요?"

"네 그런 것 같아요... 내 주요 저작들이 그의 마음에 안 들 때면... 마치 네로 황제 같죠!"

"좋습니다! 서정성에 대한 이야기를 더 해보는 게 좋겠죠?"

그가 먼저 제안을 합니다... 내가 다시 정치 이야기를 꺼낼 까 봐 두려워하고 있습니다...

"원하신다면야!... 아까 당신에게 서정성의 문제에 대해 말씀드렸습니다만, 그 문제는 사실 사랑의 서정, 그 자체로 더 잘 드러나고 있습니다..."

"왜죠?"

"왜냐하면 매혹을 노래한다는 가수들이 제 손으로 서정

성을 혹사시키기 때문입니다! 죽을 때까지 흔들어대기 때문입니다!"

"뭐요?"

"라디오 갖고 계시죠?... 그쵸, 대령?... 그렇다고요? 잘됐군요! 당신도 동의하십니까?... 사랑 노래를 부르는 남녀 가수들의 목소리를 듣는 일만큼 음울한 일이 없다는 것에 말입니다! 그렇죠? 그 사람들 모두가 슬픔에 씌어 있어요! 생각해 보세요, 티티새들이 그런 노래를 듣고 무슨 생각을 할까요? 방울새들은? 그리고 밤꾀꼬리들은?[59] 사랑을 장사 지내는 듯한 저 장송 미사곡들을 들으면서 무슨 생각을 하겠습니까?... 하다못해 참새들은 또 어떻게 생각하겠습니까?"

"이제는 노래에 대해서도 적대를 하는 건가요?"

"아! 전혀 아닙니다! 다만 저 음울한 가수들을 좋아하지 않을 뿐이에요..."

"잠깐만요! 쪽수를 다시 세보지요..."

그가 쪽수를 헤아려봅니다... 다시 셉니다... 72쪽밖에 나오지 않습니다, 그가 착각했던 거예요!... 내가 그렇다고 말했잖습니까!...

"이제, 당신이 질문해 보시오!"

그가 일을 좀 했으면 싶습니다!...

---

59 티티새, 방울새, 밤꾀꼬리 등은 모두 울음소리가 아름다워 '가수'에 비유되는 새들이다.

"날 가만두지를 않는군요!"

"알았어요! 알았어!... 가만둘게요!... 자! 그러니까 질문을 해보라고요!"

"질문 하나!"

그가 생각에 잠깁니다.

"어서요!"

"그 당신의 소위 새로운 문체라는 거, 그 아이디어는 어떻게 떠오른 건가요?"

"지하철을 타고 왔지요!... 지하철로 말입니다, 대령!..."

"어떻게요?"

"어느 날 내가 지하철을 타는데... 모종의 망설임을 느꼈어요..."

"아하!"

"지하철을 탈 때... 그런데 이 이야기는 이미 했잖아요!... 당신 내 말을 안 들었군요! 내 이야기를 전혀 듣지 않았어요!..."

"지하철이, 뭐 어쨌는데요?"

"지하철이 아닙니다!... "북-남 철도Nord-Sud"[60]예요, 정확하게 이야기하자면!... 그 시절에는 "북-남 철도"라고 했습

---

60 1902년에 창립된 사설 철도인 파리 북-남 지하 전철La société du chemin de fer électri que souterrain Nord-Sud de Paris을 줄여서 부르는 말이다. 파리에서 지하철 3개 노선을 건설, 경영하다가 1931년에 경쟁사에 흡수 통합되었다. 파리 철도는 1948년에 모두 국영화되었다.

니다!"

"그래서요?"

"그게 어쨌는가 하면..."

그때, 그가 내 말을 가로막습니다!...

"잠시 괜찮을까요?... 소변을 보고 오겠습니다!..."

"편하실 대로!... 그런데 어디서 보시려고요?"

그가 손가락으로 공원 구석을, 양문 개방식 출입문을 가리킵니다... 옆으로 참빗살나무 몇 그루가 심겨 있네요, 공중화장실입니다!... 그것 때문에, 그가 계속 그쪽을 바라보던 거였어요, 분명합니다!... 계속해서 그쪽을!... 몸을 비비 꼬아대면서!... 내 말은 듣지도 않으면서... 곁눈질이나 해댄 겁니다!... 분명합니다! 내 말을 하나도 안 들었겠죠!... 가장 중요한, 요지, 그러니까 나야말로 우리 시대 유일한 작가라는 사실도, 귀에 안 들어왔겠죠!... 납니다!... 내가 우리 시대 유일한 작가예요!... 반복은 할 만큼 했어요! 다른 작가 무리들 말입니까? 푸하하! 하하! 순 청탁받은 비평문들로만 쪽수를 채워대는... 난삽하고, 염치없는 글쟁이들이죠! 다시 한번 푸하하! 하하!... 자기네 볼펜값도 못하는 놈들! 볼펜심만도 못한 인간들! 임종만 기다리고 있는 치매 노인들! 남자고 여자고, 다!... 숨을 헐떡이며, 실수를 연발하는, 표절 작가들, 센 강 서적상들[61]이나 귀찮게 하는 인간들!... 약도 없는 약장수들!... 공쿠르 수상작들을 읽도록 강요하는 불량배 놈들!... 정말이

92

지!... 포르말린에 담기지 않은 조산아들! 결국 나 혼자, 무익하게 이 고생을 치르고 있던 겁니다! 나는 대령에게, 어느 날 저녁 내가 악몽 비슷한 것을 꿨다는 얘기를 이미 했어요... 내가 사마귀들 무리 속에 있었다고... 아까 이야기했었죠! 사마귀들이 전부 모리악의 얼굴을 하고 있었어요!... 자기들 모습을 촬영하고 있더군요!... 좀 지나서, 나는 다시 한번 모리악을 봤어요! 나는 그의 글을 매일 아침마다 읽지요... 모리악은 오토바이에 올라타고 있었어요... 그때!... 사마귀[62] 모습을 하고, 오토바이를 타고 있었어요!... 수녀모를 눌러쓴 어느 수녀님의 오토바이였지요!... 자신의 기형적인 모습을 감추기 위해 그는 클로델[63]을 찾아갔습니다... 모리악과 클로델은 함께 동쪽으로 떠났어요!... 그들은 거기서 저항 운동을 할 생각이었지요!... 함께! 함께! 칼을 들고! 뭐든지 들고! "1914년에 우린 거기 없었지! 하지만 1974년에는!"... 동쪽으로 가기 위해서는, 샹젤리제를 따라 내려가야만 했습니다!... 거기 사람이 어찌나 많던지!... 그들은 독자를 모집하기 시작했습니다!... 그들은 〈지루에트〉[64]지를 무상 배포하고 있었어요! 그러자

---

61 센 강변에는 중고 서적 및 고서를 다루는 서적상들이 많다.

62 사마귀Mante는 '종교적인 사마귀Mante religieuse'라고 표현하기도 한다. 셀린은 줄곧 후자의 표현을 사용하고 있는데, 이는 가톨릭 작가였던 모리악에 대한 풍자이기도 하다.

63 모리악과 돈독한 관계를 유지했던 프랑스의 작가 폴 클로델Paul Claudel, 1868~1955을 말한다. 모리악과 그 둘 모두는 일세를 풍미한 가톨릭 작가다.

64 본래 풍향계를 의미하는 '지루에트Girouette'가 복수로 쓰여 있는 꼴이며, '지루

코메디 프랑세즈[65]를 향하던 저 인파들! 그들이 모리악과 클로델에게 헹가래를 쳐주었습니다!... 그들의 재산과, 신앙심과, 약삭빠름을 상찬하면서! 그리고 클로델의 '오드'[66]를 상찬하면서! 클로델이 수녀모를 쓰고 있었어요... 코메디 프랑세즈가 그들의 신문사 기준으로는 동쪽이었던 것입니다... 그들이 얼마나 헌신적이었는지! 모리악이고, 클로델이고!... 사람들이 그들에게 박수갈채를 보내던 모습이란!... 정말이지 잊을 수 없는 장면이었습니다!... 그들이 말하더군요, "우린 익숙해! 우린 그들을 꽉 잡고 있고!... 앞으로도 그럴 거야!..."

잡소리가 길어질 뻔했습니다! 주제로부터 벗어나 버렸군요!... 내 인터뷰어, '대령'은 이야기의 끈을 놓쳐버렸습니다... 서둘러 내 이야기로 돌아가야 합니다! 내 이야기로!... 내게 고유한 이야기로!... 내가, 하늘로부터 받은 나의 재능들로!...

에트'는 '변덕쟁이'를 의미하기도 한다. 한때 무솔리니의 이탈리아에 대해 호감을 갖기도 했던 모리악이나, 아첨꾼, 기회주의자의 이미지가 있는 클로델을 싸잡아 비난하기 위한 명사로 보인다. 또한 1950년에 출간된 《신-변덕쟁이 사전Nouveau Dictionnaire des girouettes》에 모리악과 클로델이 나란히 이름을 올리고 있다는 점도 참고할 만하다. 《신-변덕쟁이 사전》은, 프랑스 혁명이 일어난 1789년에서 나폴레옹 실각의 해인 1815년까지의 '기회주의자'들을 고발하고자 하는 취지에서 1815년에 편찬되었던 《변덕쟁이 사전Dictionnaire des girouettes》을 흉내 내어, 일군의 극우파 언론인들에 의해 편찬되었다.

65 코메디 프랑세즈Théâtre Français는 프랑스의 국립 극장이다.

66 오드Ode는 서정시의 형식 중 하나로, 원문에는 그저 오드l'Ode라고 표기되어 있을 뿐이다. 이는 1941년, 비시 프랑스의 페탱 원수에게 헌정된 클로델의 〈원수님께 드리는 말씀Paroles au Maréchal〉, 통칭 〈페탱에게 바치는 오드l'Ode à Pétain〉를 떠올리게 한다. 클로델은 3년 뒤 프랑스가 해방되자, 같은 방식으로 샤를 드골에게 바치는 〈드골 장군께Au général de Gaulle〉를 발표하는데, 이 역시 오드다.

어쨌든 내가 갖가지 어조로 강조했던!... 정말이지 특출한 나의 재능들로! 나는 그 점에 대해 백 번은 반복했었죠!... 정말이지, 그가 기억을 좀 해줬으면 좋겠어요! 오직 나만이 진정한 천재라는 점을! 우리 세기의, 유일한 작가라는 점을! 증거는 다음과 같습니다, 사람들이 내 이야기는 절대 하지 않는다는 점이죠!... 다른 모든 작가들이 나를 질투한다는 점이죠! 노벨상을 받았든, 받지 않았든! 그들 모두가 나를 총살시키고자 노력했었죠!... 그리고 나는 그만큼, 죽을 정도로, 그들에게 엿을 먹였던 것이고! 왜냐하면, 나와 다른 작가들 사이에 놓인 문제는 '누가 죽느냐'의 문제이기 때문입니다!... 내가 그들의 독자를 모두 떨어져 나가게 할 거거든요! 그들의 모든 독자들을! 그리고 나는 그들이 자기 작품들을 경멸하게끔 할 겁니다! 악당들이든, 그렇지 않든! 하늘 아래 두 문체가 있을 수는 없어요!... 나의 문체가 살아남느냐, 그들의 문체가 살아남느냐!... 크롤 영법이냐 평영이냐!... 생각해 보세요!... 우리 시대의 유일한 발명가! 납니다! 나예요! 우리의 대령 앞에 있는, 바로 납니다! 사람들이 유일하게 암송할 만한, 유일의 천재! 내가 저주받은 작가든, 그렇지 않든!...

"조금만 더 내 이야기를 들어봐요, 레제다 대령님! 소변이야 좀 나중에 보러 가도 되잖습니까! 위대한 문체 해방가라고요? 글쓰기를 통한 "구어"의 감정 전달이라고요? 그게 납니다! 그건 바로 나예요! 다른 누구도 아니랍니다! 내 말 이해하시겠어요, 대령?"

"네? 뭐요?"

이 무슨 멍청한!

레제다 이 멍청이, 어마어마한 둔탱이가, 어떻게 생겼었는
지는 아직 묘사 안 했었죠... 그 모습... 키... 얼굴... 아직 얘기
안 했어요... 아네요! 아닙니다!... 아마도 이렇게 생겼다거나!
저렇게 생겼을 거라고 추측하고 있겠죠!... 그런데 그는 내 상
상 속의 인물이 아닙니다!... 추측해 봐야 소용없어요! 실존
인물이라니까요!... 수염을 염색했고... 눈썹에도 염색을 했
죠... 키는 나하고 거의 비슷했어요...

"대령, 자!... 내 문체 이야기로 돌아갑시다!... 내 '감정적으
로 된' 문체 이야기로! 내 문체는 아까도 말씀드렸듯, 다만 사
소한 발명품에 지나지 않지요, 하지만, 이건 공공연한 사실인
데, 그것이, 어쨌든 간에 **소설**을, 재기 불능에 빠질 정도로, 박
살 나게 흔들어놓고 있답니다! **소설**은 더는 존재하지 않아요!"

"소설이 없다고요?"

"뭐라고 표현해야 할지 잘 모르겠군요!... 내가 말하고자
하는 바는, '다른' 것들은 이제 존재하지 않는다 이겁니다!
다른 소설가들!... "감정적인 문체"로 글 쓰는 법을 아직 익
히지 못한, 다른 모든 작가들 말입니다!... 일단 크롤 영법
이 개발된 이후로는, '평영'으로 헤엄치는 사람이 없죠!... 일
단 〈풀밭 위의 점심 식사〉[67]가 발표된 이후로는, 아틀리에의

빛 속에서 작업하는 것은 불가능하죠, 〈메두사호의 뗏목〉[68] 같은 작품은 더는 나오지 않았다 이겁니다! 알아듣겠습니까, 대령?... 물론 "뒤떨어진 사람들"이야 인정하지 않죠!... 부르르 경련하는, 손도 못 쓸, 다 죽어가는 악한들! 그리고, 주목! 한술 더 뜹니다, 대령! 한술 더 떠보지요! 내 사소한 기법은, 단지 소설만 뒤집어 놓는 것이 아니라... 영화도 전복시킨 답니다! 내 사소한 기법이, 영화를, 한판으로 메다꽂는다고요! 그럼요! 영화까지도! 영화도 더는 못 버틸 거예요! 영화야 이미 언제나 빈사 상태였죠! 태어나기를 다 죽어가는 채로 태어난걸요! 엑토플라즘[69]이죠!... 우린 이렇게 말할 겁니다, "음산하기도 해라!..." 스크린의 종말입니다, 대령!... 내 예언입니다!"

그는 계속해서 바지 앞섶을 만지작거렸습니다... 이야기는 안 듣고 말이죠! 그 짓거리를 사람들이 빤히 쳐다보고 있습니다...

"아, 어서! 어서 갔다 와요!"

화장실까지는 20... 30미터 정도로 그리 멀지 않았습니다... 그가 일어나서... 내게 외칩니다.

67　1863년에 발표된 화가 에두아르 마네Édouard Manet의 작품으로, 아틀리에를 벗어난 자연광 아래에서의 작품이다.

68　1819년에 발표된 화가 테오도르 제리코Théodore Jéricot의 작품이다.

69　오컬트 문화에서 일부 영매가 토해내는 끈적끈적한 물질을 말하며 죽은 자의 영혼이 담기는 그릇이 된다고 한다.

"당신은 아무것도 안 쓸 겁니까?..."

그는 필기에서 손을 놓고 있었습니다, 더러운 자식 같으니!

"안 쓸 거요!... 그럴 필요 없어요!... 그런데 당신 아까 한 얘기 기억할 수 있어요? 가서 그렇게 오래 있지는 않을 거죠?"

"아, 그래도... 5... 6분은 걸릴 겁니다!"

"잘 안 나와요?"

"요즘 조금... 걱정이네요.."

"네?"

"전립선이 조금 안 좋아서 말이죠..."

"내가 "손봐"드릴 수 있어요...[70] 어쨌든 공원에서는 안 돼요!... 좀 이따가!... 이따가 봐드리죠!"

그는 내 말을 농담으로 받아들입니다... 어깨를 으쓱하고 서는... 화장실로 가버립니다... 절뚝거리면서... 떠납니다... 나 홀로 남아, 앉아있습니다... 앉아서 이제까지의 대화에 대해 생각합니다... 모든 말들을 떠올립니다... 단어 하나하나까지 전부!... 비상한 기억력을 가졌다는 것은, 그리 자랑할 만한 일이 아니에요.. 끊임없이 되새기고, 정리해 두어야 할, 갖가지 추억들로 머릿속이 복잡해진다는 얘기거든요... 그러고 선... 정리를 마치고... 나란히 두고 보면... 이게 또 참으로 불

---

70 촉진觸診을 의미하는 명사 'toucher'가 활용되었다. 공공장소인 공원에서는 전립선을 촉진하기 힘들다.

유쾌한 기억들인 거죠... 게다가 당신이, 언어에 재능이 있는 사람이라면 어떻겠습니까? 당신이 세 개... 네 개... 다섯 개 국어를 할 줄 안다면?... 그 외국어들 역시 이미 당신 기억 속에 자리하고 있는 것인데 말이죠... 대령은 여전히 소변을 보는 중이었습니다... 나는 앞서 우리가 나누었던 모든 대화들을 되새깁니다... 그리고, 기억력에 관한 몇몇 기이한 사실에 대해서도, 생각해 보았습니다... 내게는 의붓어머니가 있었는데, 나보다도 더욱 재능 있는 분이셨죠... 나이 여든에, 그녀는 자기가 올랐던 모든 삯마차의 번호판을 외우고 있었어요... 자기 모친이 파리를 방문했을 때 모셨던 마차뿐만 아니라... 보다 나중에, 여행하면서, 여행을 하면서 탔던... 모든 삯마차의 번호판을!... 러시아에서, 페르시아에서, 네덜란드에서 잡아탔던 모든 차량의 번호판을 외우고 있었죠... 그녀는 자기도 모르는 새 대여섯 개의 외국어를 익히고 있었습니다... 여행 중에... 힘들이지도 않고!... 각 나라마다 3, 4주 머무른 것이 단데, 자기도 모르는 새! 나, 나로 말할 것 같으면, 나는 외국어를 익히는 데 어느 정도의 시간은 들여야 했어요... 그런데 그녀는 아닌 거예요!... 그렇게, 나는 그녀에 대해서, 그 벤치에 앉아, 생각하고 있었습니다... 그녀는 지금 어떻게 되었을까? 살아계시다면 몇 살쯤이시려는가?... 110?... 120?... 계산하고 있었습니다... 그런데 그때!... 레제다가 쑥 하고 나타나서!... 날 놀랩니다!... 추억에 잠겨 있었건만...

"대령, 당신입니까?... 끝냈어요?... 좀 괜찮아졌습니까?"

"네!... 그렇습니다!... 어쨌든 다시 시작해 볼까요?"

그가 인터뷰를 시작합니다.

"당신의 관심사라고 할까... 그... '감정적인' 뭐 있잖습니까, 그것이 '말해진 감정'의 문제라면... 제가 제대로 이해한 것 맞죠?... 그렇죠?... 그러면 왜 당신은 당신 작품들을 글로 쓰는 대신에, 곧바로 낭송하지 않는 겁니까!... 그럼 아주 간단하잖아요!"

그가 내 모순점을 물었습니다!... 나는 그 교활한 놈을 내버려 둡니다! 계속해서 날 심문하도록 내버려 두겠습니다...

"아주 괜찮은 구술 녹음기들이 있단 말입니다!... 말씀 좀 해보세요!... 모르셨어요?... 멋진 엘피판들도 있고 말이죠!..."

나는 그를 빤히 바라봤습니다... 더 이상 바지 앞섶을 만지작거리지 않더군요...

"멋진 엘피판들!"

내가 자기 말을 이해 못 했을까 봐 두려워하는군요...

"그런데 당신 지금은 어떻소, 대령?... 이제는 내 말에 집중할 수 있겠어요?... 이제는?... 소변은 잘 보셨고?"

"네!"

"좋습니다, 말씀드리죠... 몽땅 다 말씀드리죠!... 당신이 얘기하는 그 녹음 시스템이네 조잘대는 기록판이네, 엘피네 하는 것들은 모두 쓰잘데기 없는 것들입니다! 이따위 고철 덩어리들이 우리 삶을 죽인다고요! 내 말 알아듣겠어요? "반-생명"입니다! 영안실에서 심심풀이할 때나 쓰라죠!... 내 말 이해하겠어요, 대령?... 타자기도 마찬가지입니다!... 영화 도 마찬가지예요!... 당신네들의 텔레비스Télévice[71]도 다 마찬 가지죠!... 이거고 저거고 다 기계로 치는 용두질이에요!... 아 니 당신을 모욕하려던 건 아니었어요, 대령!... 가지 말아요!... 가지 말아요!... 도망치지 마세요."

그는 기분이 상했습니다!

"난 다만 내 의견을 말했을 뿐입니다!"

"그래요, 그럼 당신의 발명은요, 당신은 또 어떤데요?"

"나야 전혀 다른 얘기죠!... 나, 나는 그와는 비교도 안 될 정도로 난폭하답니다!... 나는 모든 감정들을 포착해 내죠!... 모든 감정을, 그 표면에서 건져낸다고요! 단박에!... 내가 결정 짓습니다!... 나는 감정을 지하철에 쑤셔 박아요!... '나'의 지 하철에!... 다른 모든 작가들은 이미 죽었어요!... 하나 자기들 은 꿈에도 생각 못 하겠죠!... 그들은 표면에서 썩어가고 있 답니다, 자기들의 '졸작'에 칭칭 감싸여서! 미라들이에요! 전 부 미라들입니다!... 감정을 빼앗긴 미라들! 수입들은 좋더 구먼..."

그가 나를 바라보고 있습니다...

---

71 텔레비전Télévision에 악덕을 의미하는 'vice'를 합성한 신조어이다. '원격으로 악 덕을 전파하는 기계' 정도로 이해할 수 있다.

"소변 한 번 더 보고 오실래요?"

내가 제안합니다...

아니랍니다!... 그는 원하지 않습니다! 화장실 쪽을 훔쳐봅니다... 그가 어쩔 줄 몰라 하고 있습니다... 하나 더는 눈길을 돌리지 않습니다...

"소변 한 번 더 보고 싶어요?"

또 아니랍니다! 그에게 조금 다른 얘기나 건네볼까요?

"대령, 이제 필기 같은 거 안 할 겁니까? 더는 안 받아 적을 거예요?... 아무래도 상관없다는 거죠?"

"아뇨!"

우리의 인터뷰는 이젠 성가신 일이 되어버렸습니다...

"그런데 당신 원고는 어떻게 됐어요? 원고 얘기 좀 해볼래요? 당신이?"

나는 이 멍청이의 주의를 되살리고 싶어요!

"아직 출간 안 됐어요!"

"별일 아닙니다!... 갈리마르에서는 1년에 500권씩이나 쏟아져 나오는걸요!..."

아! 아하! 내가 그의 흥미를 끌었습니다.

"곧 출간될 겁니다!... 출간될 거예요, 날 믿어봐요, 대령, 내가 힘 좀 쓰면 곧 출간될 겁니다!... 내가 가스통 앞에서 당신을 밀어주면 말이죠!... 그런데 당신의 글도 "졸작"인가요?... 말해봐요! 몽땅 내게 털어놔 봐요!"

"약간은요... 아주 약간은..."

"조금은 편향적이지 않습니까?"

"네? 어떻게요?"

"조금은 이쪽이거나... 조금은 저쪽이지 않냐고요? 어쨌든 간에 어느 쪽이든 약간은 "편들고" 있지 않습니까? 그렇게 노골적이지는 않다고요! 그럼 아마도, 약간 "가톨릭적"이지 않나요? 아주 약간이라고요?... 그리 심하지는 않다고요!... 아, 심하지는 않다! 아주 약간 지드스럽나요?"

"아, 네..."

"지나치지는 않고요?"

"네! 지나치지는 않아요!"

"아니면 노골적으로 어느...?"

"아뇨, 뉘앙스를 주고 있습니다... 풍부한 뉘앙스를 주고 있어요!"

"좋습니다! 읽으면 잠이 오는 원고인가요?"

"아, 네."

"확실해요?"

"아내가 매일 밤 그 글을 읽던데요.."

"그러다 잠이 들고요?"

"네!"

"좋습니다! 내가 그 원고를 가스통에게 추천하지요!"

"추천 원고는 갈리마르 씨 혼자 읽나요?"

"보통은 갈리마르의 독서 위원회Comité de Lecture가 읽지요."

"그 사람들도 책 읽으면서 좁디까?"

"네, 내 《밤 끝으로의 여행》을 읽을 때 그러더군요.."

"평가는 좋게 받았나요?"

"네, 그리 나쁘지는 않았어요... 하지만 발표가 좀 늦었지요... 그 책은 다른 출판사에서 나왔답니다..."

"그럼 그쪽 사람들은 반응이 어땠는데요?"

"아예 코까지 골더군요.."

"이상한 얘기로군요!"

"아뇨, 이상할 것 없습니다!... 잠 깬 이들이라곤 오직 "굶어 죽어가는" 사람들뿐이요, 나머지는 모두 잠자고 있죠... 다음 날이 보장된 사람들은 모두 잠이 드는 법입니다... 어디서든 그런 사람들을 볼 수 있죠, 차 안에서, 사무실에서, 시골에서, 도시에서, 세상 어딘가에서, 크루즈 여행에서... 그들은 여기저기 잘도 돌아다니고... 많은 말들을 쏟아냅니다만, 그리고 언제나 뭔가 하는 것처럼 보이지만, 실은 아무것도 하고 있지 않아요, 그저 잠을 자고 있을 뿐입니다..."

"하지만 당신은 말이죠, 셀린 씨, 당신은 어쨌든 가스통의 이해를 구했잖습니까... 당신에게는 뭔가 비밀이 있는 거예요! 당신은 그의 잠을 깨웠잖아요! 그래서 말인데, 이 가스통이란 인물은 어떤 사람인지요?"

그가 날 심문하기 시작했습니다!

"갈리마르 씨는 대단한 부자입니다"

"네?"

"그가 부자라는 것, 그 이상 알 필요는 없어요! 나머지는 우리가 알 바 아녜요! 그가 여전히 부자다? 좋은 일입니다!... 그는 많은 것을 할 수 있어요!... 그가 망했다면?... 더 이상 아무것도 할 수가 없죠! 그러면 그저 골칫덩이일 뿐입니다!"

"당신이 생각하기에, 그가 아직 부자인 것이 맞는지요?"

"그렇습니다... 맞아요, 나는 그렇게 생각합니다..."

"왜요?... 왜죠?"

"그가 투정이 잦거든요... 아주 좋은 징표지요... 그가 말하기를, 이사회가 퍽 자기를 못살게 군답니다!... 그 또한 좋은 징표지요!... 아주아주 질 좋은 한탄입니다!"

"그가 나를 위해 많은 일을 해줄 수 있을까요?"

"그가 원하는 거라면 무엇이든지! 당연하죠! '다양연한' 일입니다! 그는 당신을, 6개월 만에, 우리 세기의 가장 위대한 작가로 만들어줄 수도 있어요!"

"당신처럼요?"

"나보다도 훨씬 위대한 작가로!"

"어떻게요?"

"그게 가스통의 일이죠!"

"나를 당황하게 하는 건 뭐냐면... 이런 말을 해도 될까요? 양해해 주시겠어요?..."

"아유 그럼요! 그럼요! 편히 말씀하세요!"

"한 가지 질문 드릴게요... 어째서 당신, 우리 세기 가장 위대한 작가, 특정 문체의 발명가이자... 당신 말을 따르자면... 프랑스 문학의 전복자... 요컨대 현대의 말레르브! 그리고 드디어 셀린 씨가 오셨도다,[72] 그렇게 생각하면 맞죠?"

"네! 그렇습니다! 정확합니다!"

"어째서 갈리마르 씨는 그런 당신의 저서들에 대해서 결단코 일언반구가 없을까요?"

"그에게도 자기 생각이 있는 거죠! 전략적인 노림수가!... 아마 내가 죽고 난 뒤에야, 내 작품에 대한 이야기가 돌게 할 겁니다!"

"그가 당신보다 오래 살 것 같나요?"

"그럴 것 같은 느낌이 있어요... 그는 지치지를 않거든요.."

"하지만 지금은요? 당신이 살아 있는 동안에는요?... 그가 당신 책들을 어떻게 다루고 있나요?..."

"그는 내 책들을 지하 창고에 처박았죠!... 그것들을 꼭꼭 숨겨두고 있어요... 다른... 다른 수천 권의 장서들과 함께!... 쟁여두고 있는 거예요!"

---

72 말레르브Malherbe, 1555~1628는 프랑스어의 '정화'와 '개혁'을 위해 평생을 바친 인물이자 프랑스어의 수호자로 생전부터 명성이 높았던 인물이다. 프랑스의 고전주의 '시학'을 제시한 이로 유명한 부왈로Boileau는 한 세대 앞선 인물인 말레르브를 찬양하며 "드디어 말레르브가 오셨도다Enfin Malherbe Vint"라는 표현을 쓴적이 있다. "드디어 셀린 씨가 오셨도다"는 그에 대한 패러디이다.

"그가 수필 원고들도 그런 식으로 쟁여두나요?"

"물론이죠! 그럼요! 물론이죠!"

"제 원고도 그럴까요?"

"확실합니다!"

"아, 창고에!... 아, 아!... 하!..."

"자꾸 그렇게 몸 비틀고 그러지 마세요, 대령! 짜증 나려고 합니다!..."

"제가 당신을 짜증 나게 했나요?"

"가서 소변보고 오시라고요, 기다릴 테니까는!"

그는 너무나도 너무나도 소변이 마려운 것이었습니다, 이 돼지가!... 하지만 그는 원치 않는답니다... 그가 저항합니다!...

"우리 지금 인터뷰 끝난 거 아닌가요?"

"아, 아뇨, 대령! 아닙니다! 바로 이제부터가 감동적인 대목인걸요!"

"그래요?"

"당신 이제 필기 안 할 겁니까? 내 천재성이 빛나는 순간에!"

"아!"

"아!...라니, "아"고 뭐고 필요 없어요... 가서 얼른 소변보고 오라고요! 훠이!"

"아뇨!... 싫습니다!... 이따가 보고 싶어요!... 화장실에 이미 다른 사람이 들어가 있으면 어떡합니까?"

핑계도 좋습니다!

"헛소리하는군요, 대령!... 좋습니다!... 당신 바지를 소변으로 흠뻑 적시고 싶다면야, 편할 대로 하시오! 내 이야기를 마저 들려드리죠."

"네, 어서요!... 네, 빨리요!"

"자!... 블레즈 파스칼!... 당신 블레즈 파스칼 아시죠?"

"네!... 네!..."

"파스칼이 뇌이 다리에서 받은 계시[73]에 대해 아시죠?... 말들이 폭주하고... 마차는 뒤집히고... 마차 바퀴는 빠져 굴러다니고... 그가 하마터면 술을 입에 댈 뻔했던, 그 사건 말입니다."

"아, 네!... 아, 네!..."

"기억하시죠?"

대령은 앉아는 있었습니다만... 더는 견디지 못할 것처럼 보였습니다... 그가 몸을 일으킵니다... 다시 고간을 주물럭거리기 시작합니다... 화장실 가려는 걸 내가 막았나요!... 아닙니다!... 아니에요!

"자!"

"아, 네! 블레즈 파스칼 말씀이죠!"

그가 파스칼을 기억해 냅니다.

---

73 프랑스의 수학자, 철학자, 호교론자 블레즈 파스칼Blaise Pascal, 1623~1662은 1654년 뇌이 다리Pont de Neuilly에서 마차 전복 사고를 당한다. 혼절하여 15일 동안 사경을 헤맨 파스칼은 다시 깨어나던 날 신으로부터 어떤 '계시'를 받는데, 이는 이후 그가 신학적인 성찰에 매진하는 계기가 된다.

"《팡세》의 저자죠?"

"바로 그렇습니다! 그렇습니다, 대령! 이 세상에서 오직 수
렁만을 보았던 사람이죠! 언제나 수렁만을!... 그날 이후로!...
그날의 공포 이래로!... 당신 오른편의 수렁만을!"

"네, 당신 오른편의!"

그가 내 말을 고스란히 따라 합니다...

"가서 소변보시라니까요, 대령!"

"아뇨! 아뇨! 아뇨!"

"좋습니다! 알아서 하세요! 당신 오른편의 수렁!"

"당신 오른편의!"

"그러고는 하늘에 놓인 수렁이었죠, 대령! 다음으로는 하
늘에 파인 수렁이었단 말입니다! 저 무한한 공간이 나를 두렵
게 했도다! 마찬가지로 파스칼의 말이죠, 대령! 파스칼의 거룩
한 사상이란 말입니다!... 기억하세요?"

"네! 네! 네!"

"다리에서 겪은 끔찍한 사고가, 그의 인생을 완전히 뒤바
꿔 놓고 만 것이죠!... 완전히! 사고가 천재를 해방한 겁니다!
그의 천재를!"

"네?"

"그렇습니다, 대령!... 이제 나를! 나를 잘 좀 봐보세요, 대
령! 나도 그 파스칼과 같은 과랍니다!"

"그럴 리가요?"

"맞다니까요! 바로 그렇습니다!... 맞아요!... 제기랄! 잘 좀 봐봐요!"

그가 점점 더 심하게 몸을 떨어댑니다... 그 와중에 드러나는 저 찌푸린 표정하며!... 고통스러워합니다... 더는 참을 수 없어 합니다... 나는, 이 대목에서 사람들이 다 우릴 눈여겨보고 있었음을 고백합니다... 그가 지려버린 오줌이 두 다리 아래로 새고 있었거든요... 발밑을 흠뻑 적시고서는!... 그 소변 웅덩이 위에서 부르르 떨고 있었던 거예요... 만약 내가 그를 머리로 받아버린다면 어떨까요?... 가정해 보건대?... 그가 뻗어버린다면야, 나는 해방일 텐데! 하지만 그럼 내 인터뷰는 어떻게 되는 거죠?... 이제 거의 다 끝났는데!... 몇 마디만 더 하면 되는데?...

"정말 소변보러 갈 생각 없어요? 정말로? 좋습니다!... 그렇게 하세요!... 하지만 적어도 이 점만큼은 기억해 두세요, 역사적인 사실입니다, 대령!... 본 인터뷰의 정수예요!... 우리 인터뷰가 영 무의미한 것은 아니었던 거죠! 나, 나도 마찬가지로!... 정확하게!... 아니면 거의 비슷하게... 파스칼이 겪은 것과 같은 종류의 공포를 느꼈었답니다!... '수렁'의 느낌 있잖아요!... 하지만 내 경우에는, 뇌이 다리에서 느낀 것은 아니었습니다... 거기가 아니었어요! 그 공포를 나는 지하철에서 느꼈습니다!... 지하철 계단 앞에서 말입니다... 북-남 철도에서 말입니다!... 알아듣겠어요, 대령?... 북-남 철도에서!... 내 천재는 거기에서 계시되었죠, "피갈" 역[74] 덕분이었습니다!..."

"뭐요?... 어떻게요?..."

그는 여전히 몸을 떨고 있습니다... 이제 정말로 사람들이 우릴 힐끔거리고 있어요... 옆자리 벤치에서도... 더 멀리 떨어진, 다른 벤치에서도... 가련합니다!... 안됐어요!...

"그러니까 대령, 잘 들어보세요! 아까도 말씀드렸지만 한때는 내가... 아니! 아직 얘기 안 했었군요!... 말씀드리죠!... 옛날에는 나도 참 파란만장하게 살았답니다... 고백하건대... 꽤나 파란만장했죠... 파리의 이 끝에서 저 끝까지 바삐 누비고 다녔습니다, 별 같잖은 일들로 말이죠... 걸어서, 전철을 타고, 차를 타고... 네!... 그렇게 돌아다녔어요... 내게 호의를 갖고 있거나, 갖고 있지 않은 부인들을 만나러... 아니면 보다 진지한 다른 이유들도 있었는데... 아, 그럼요!... 좀 더 진지한 이유들도 있었지요!... 나는 여기저기 왕진을 다녔거든요... 그중에서도, 거의 매일 아침 이씨[75]에 들러야 했어요, 공장에서 진찰을 해야 했답니다... 그런데 나는 몽마르트르[76]에서 살았단 말입니다!... 무슨 말인지 이해하시겠어요!... 매일 아침마다!... 피갈에서 이씨까지 가야 했다고요! 버스요?... 한두 차례는 괜찮죠!... 하지만 매일 버스를 탄다? 그건 생각 좀 해봐

---

74 파리에 있는 전철역이며, 유흥가로 널리 알려져 있다. 유명한 "물랭루주Moulin Rouge" 역시 피갈Pigalle 근방의 카바레이다.

75 파리의 남서쪽에 위치한 지역, 이씨레물리노Issy-les-Moulineaux를 말한다.

76 몽마르트르Montmartre는 파리 북쪽에 있으며, 피갈 역과 가깝다.

야 될 거예요, 매일 아침이라고요! 매일 아침!... 가장 좋은 방법이 뭘까?... 지하철? 자전거? 버스?... 지하철을 탈까?... 자전거를 타고 갈까?... 아니면 그냥 걸어가?... 아, 그 점에 있어서 난 망설였던 것입니다!... 우물쭈물했지요... 앞선 결심을 부정하고, 다시금 부정하고 했습니다... 컴컴한 지하철이라? 저 악취 풍기고, 더러운, 그리고 '실리적인' 수렁 속으로 기어든다?... 피곤에 지친 이들을 집어삼키는 저 거대한 목구멍으로?... 아니면 바깥에 남아... 계속 어슬렁거려? 사느냐 죽느냐 *be not to be*?...[77] 버스?... 버스?... 딸랑딸랑 끽끽 소리를 내는 가슴 미어지는 괴물이자... 매 교차로마다 말더듬이가 되고 마는, 그 버스란 거? 젠체하는 '사모님'들을 깔아뭉개지 않기 위해... 정중한 존재가 되기 위해, 시간을 날려먹는, 버스... 여섯 아이들의 가장이자, 범퍼 아래로 몸을 던져온, 자해 공갈꾼이 무사히 빠져나오길 기다리느라, 시간을 날려먹는, 버스를 탄다?... 아니면 걸어서 가?... 골목골목을 뚫고? **그것도 한두 번이지!!**... 이씨까지 걸어서 간다고? 운동의 제왕이라도 되는가? 참 딜레마였습니다! 깊은 곳이냐, 표면이냐? 오 **끝도 없**는 선택이여! 표면은 재미있는 것들로 가득하죠... 오만 것들이!... 완전 **영화에요**... **영화**의 갖은 즐거움이 다 있죠!... 생각해 보세요!... 생각해 보세요!... 여인들의 발랄한 표정, 그녀

---

77 셰익스피어 4대 비극 중 하나인 《햄릿》의 대사로, 본래 "To be, or not to be"인 것을 "be not to be"로 줄였다.

들의 엉덩이, 그리고 그 주위를 감싸 도는 생기! 발을 동동 구르며 어쩔 줄 모르는 신사들!... 흠뻑 묻어나는 허영!... 밀집한 상점들!... 그 부조화, 얼마든지 넘치고 넘치는 진열 상품들!... 가격표들에 파묻힌 천국이여!... 그토록 많은 물건, 그토록 많은 재고를 갖추고 있는데!... 여자들! 향수 냄새! 호화찬란한 음식! 탐욕!... 진열창마다 그 너머로 《천삼십육야화 *Mille et trente-six Nuits*》[78]가 펼쳐지는데!... 하나, 주의하세요! 다 현혹술일 뿐입니다! 이젠 당신이... 당신 스스로 영화가 된 거예요! 당신 자신이 영화랍니다! 그리고 한 편의 영화란, 다만 이런저런 장해물의 연속이죠! 끝에서 끝까지!... 오직 장해물뿐!... 시간 손실! 차량 연쇄 충돌!... 갈팡질팡!... 뒤죽박죽!... 짭새들, 자전거들, 사거리, 우회로, 정방향으로, 역방향으로!... 정체!... 제기랄! 부알로[79]의 시대까지도 아직은 걸어 다닐만했죠... 그가 요즘 태어났더라면, 깔려 죽을 겁니다... 지랄맞은 우리 '시'에 치여서!... 파스칼의 경우는 또 어떨까요, 그가 "2마력" 차량에 올라, 프랭탕 백화점에서 태부 거리까지[80] 주파하는 모습을 좀 보고 싶군요!... 그가 겁을 집어먹는다고 한다면, 그건 아마 '수렁' 때문이 아닐 겁니다... 많고 많은 저

---

78 《천일야화》가 실제 천한 가지 이야기로 구성된 것이 아닌 것처럼, 막연히 '많은 수'를 나타내는 '36'에 천을 더하여 쓴 말장난이다.

79 《시학*Art poétique*》을 저술함으로써 프랑스 고전주의 이론의 기틀을 닦은 니콜라 부알로Nicolas Boileau, 1636~1711를 말한다.

80 프랭탕Printemps 백화점과 태부Taibout 거리는 둘 다 파리 9구에 있다.

구렁텅이들 때문이 아닐 거예요! **표면**은 더는 다닐 만한 곳이 아니에요!... 이건 진리입니다!... 이상!... 그런데 말이죠... 나, 나는 더는 망설이지 않습니다!... 그게 나의 천재입니다! 내 천재의 발휘입니다! 여러 방법 같은 거 필요 없어요!... 나는 내 모든 세계를 지하철에 싣습니다, 굉장한 일이죠!... 그리고 그 세계와 함께 돌진합니다, 온 세상을 함께 끌고 다니는 거죠!... 세상이 원하든, 원하지 않든!... 나와 함께!... 감정적인 지하철, 내 지하철에서! 어떤 장애물도, 체증도 없이! 꿈속에서!... 결코, 어느 곳에서도, 잠깐이라도 멈추는 일 없이! 멈추지 않고! 목적지로! 목적지로! 곧장! 감정 속에서!... 감정에 의해! 오직 목적지만을 향하여, 감정의 한복판에서... 끝에서 끝까지!"

"어떻게요?... 어떻게요!"

"내가 설계한 선로를 타고! 내가 두들겨낸 문체를 타고!"

"네!... 네!..."

"**직통 노선**입니다!... 특별 노선입니다! 지하철 선로를 그렇게 두들겨 놓는답니다, 내가! 고백하건대!... 그 뻣뻣한 철길을!... 땅땅거리고 두들기지요!... 더는 아무것도 필요 없어요!... 잘 뻗어간 저 문장들 말고는... 아무것도!... 문체, 문체라고요!... 나는 철길을 특정한 방식에 따라 휘어놓습니다, 승객 여러분이 꿈속에 잠기도록 말이죠... 그들이 알아채지 못하는 무엇... 대령, 매력과, 마법과, 폭력 말입니다!... 고백하건대!... 승객들은 몽땅 집어삼켜져 있습니다, 감금되어 있지요, 이중 잠금으로! 모두가 내 감정의 열차 안에!... 점잔 빼는 건 금지예요!... 나는 점잔 빼기를 참아줄 수 없어요! 아무도 내릴 수가 없습니다... 안 돼요! 안 돼요!"

"뭐라고요! 뭐가 어째요!"

"또한 **표면** 전체가 나와 함께하지요, 알아듣겠어요? **표면**의 모든 것들이! 지하철에 올라! 내 지하철 속에 병합된 겁니다! **표면**을 구성하는 모든 것들이! **표면**의 모든 오락거리들이! 억지로! 나는 **표면**에는 아무것도 남겨두지 않아요!... 나는 **표면**으로부터, 모든 것을 쓸어 오는 겁니다!..."

"아!... 아!"

"아무것도, 대령!... 아무것도 남기지 않고, 완벽하게! 전부 내 감정의 지하철에 실어버리는 겁니다!... 집들, 인간들, 벽돌들, 사모님들, 제과인들, 자전거들, 차량들, 젊은 처녀들, 경찰들이 다 함께! 다 같이 한데 모여, "감정적으로 분쇄"되는 겁니다!... 내 감정적인 지하철 안에서! 나는 **표면**에 아무것도 남겨두지 않아요!... 모든 것을 다, 내 마법의 운송 수단에 싣는 겁니다!..."

"네?... 네?..."

"난폭하게!... 당신은 마법사인가요? 맞아요?... 그렇지 않아요? 맞다고 치고, 그럼 이제 당신의 매력이 작용하기 시작합니다!... 말 안 듣는 독자가 있다고요? 두들겨 패세요, 대령! 영화를 더 좋아하는 사람이 있어요? 패세요!... '졸작'을 더 좋아하는 사람이 있어요? 패세요!... 당신이 마법의 주인이 되는 겁니다... 승객들에게, 당신이 저들을 이중 잠금장치로 가둬두고 있음을 보여주는 거예요! 당신이 그들을 지배하고 있음을 깨달아야 하는 겁니다!... 글쓰기를 통한 입말! 당신의 발명품이에요! 그럼 더는 얘기가 필요 없죠! 장애물 하나 걸리지 않는 "피갈-이씨" 노선입니다!... 다른 의견은 여하한 것도 불허합니다! 오직 홀림 속에서 나아가는 겁니다!... '강한 정신들'을 용인하지 마세요! 예를 들면 변증법론자들을! 더는 교차로도 없고, 황색 신호등도 없고, 경찰도 없고, 당신 뒤를 쫓아 달려오는 엉덩이 두 쪽도, 없는 겁니다! 이해하시겠어요, 대령?"

"네!... 네!"

"더는 당신을 위협하는 트럭 한 대가 없습니다! 당신은 예술가인걸요! 당신의 지하철은 어떤 것에도 멈추지 않습니다!... 당신에게 문체가 펼쳐지고 있는 겁니다!"

"문체요? 어떤 문체요?"

"네, 대령!... 그것은 문체, 신경에 가장 예민하게 반응하는, 문체인 겁니다!"

"테러로군요!"

"네, 인정합니다!"

"그냥 해본 소립니다! 당신이 모든 것을 이끌고 간다

고요?"

"그렇습니다, 대령... 모든 것을!... 8층짜리 건물도!... 사납게 으르렁거리는 버스들도! 나는 **표면**에 아무것도 남겨두지 않아요! 아무것도! 광고주廣告柱[81]들도, 귀찮게 구는 아가씨들도, 다리 밑의 꽁초주이[82]들도! 모두! 전부 다 태우고 갑니다!"

"다리들도 싣고 가나요?"

"다리들도 싣고 가지요!"

"아무것도 당신을 막지 못하나요?"

"그럼요, 대령!... 오직 감정에 맡길 뿐입니다, 대령!... 다른 건 됐고, 오직 감정에만! 헐떡이는 감정에만!"

"그래요, 하지만... 그렇습니다만..."

""그렇습니다만" 같은 말은 필요 없어요!... 나는 모든 것을 싣고 갑니다!... 모든 것을 내 지하철 안에 밀어 넣습니다!... 다시 말씀드리죠! 모든 감정을, 내 열차 속에... 나와 함께!... 모든 것들을 아우르는 나의 책을 모두 아우르는 나의 감정적인 지하철 속에!"

"아, 그럴 리가요! 그럴 리가요! 그럼 외국 작가들은요? 외

---

81 광고주Colonne Morris란 각종 광고를 부착할 수 있는 기둥으로, 프랑스의 거리에서 흔히 볼 수 있다.

82 꽁초주이mégotier란, 19세기 말에서 20세기 초까지 파리에 있던 직업의 일종으로, 부르주아들이 당시의 관습에 따라 반만 태우고 버린 꽁초들을 수거하여, 볕에 말린 뒤, '진짜' 담배를 구매할 여력이 없던 하층민들에게 되팔았다.

국 작가들은 뭔데요?"

"외국에 작가 같은 건 없어요! 그들은 아직 《보바리 부인》[83]이나 해독하는 단계라고요, 《보바리 부인》의 삯마차 장면을... 그리고 《비곗덩어리》[84]를!... 그들이 정말 끔찍할 정도로 어설프게 베껴내는 그 작품들을... 그들은 이보다 더 나아가지 못할 겁니다... 그들은 감성이 성숙하지 않았어요... 그리고 앞으로도 결코 그럴 일은 없을 겁니다, 미안한 얘기지만서도... 물론 그들은, 비행기를 잡아타고, 재빨리 오갈 수야 있겠죠... 하지만 **예술**에 있어서는 어떤가 하면...? 그저 멍청이들일 뿐입니다!"

"하지만 사람들이 외국 작가들에 대해 이야기하는걸요!... 그들을 번역하고 있는걸요!..."

"대단한 사기질이죠!... 사람들이 그들의 출판 대리인들을 없애버리고, 멋진 광고들을 치워버리고, 그들의 정신 나간 뻔뻔함을 눌러버렸으면 좋겠군요, 그 사람들은 더는 살아남지 못할 겁니다!..."

"하지만 그들의 독자들은요?"

"프랑스의 독자들은 속물이에요, 얼간이들이고, 노예근성

---

83 프랑스의 작가 귀스타브 플로베르Gustave Flaubert, 1821~1880의 대표작. '삯마차 장면'은 보바리 부인이 레옹의 유혹에 이끌려 삯마차 안에서 불륜을 저지르는 장면으로, 플로베르는 본 장면의 외설성이 '미풍양속을 저해'한다는 사유로 기소된 바 있다. 보들레르의 《악의 꽃》 필화 사건과 더불어 19세기 프랑스의 대표적 필화이다.
84 프랑스 작가 기 드 모파상Guy de Maupassant, 1850~1893의 단편 소설.

이 있죠... 프랑스 독자들은 속고 있어요!... 그런데 그들은 속아 넘어가는 거에 만족한단 말입니다! 그들은 다른 나라들의 작가들을 찾습니다만, 다른 나라 작가들이라 봐야 다들 델리 오누이처럼 쓴단 말이죠... 델리야말로 행복한 자들이요!... 자랑스러운 자들이라 하겠습니다! 만국에서, 우주에서, 가장 많이 읽히고 많이 번역된 작가라 하면, 델리 오누이란 말입니다! 대령! 델리예요!"

"그래도 어쨌든 외국어잖아요?"

"세상에는, 대령, 이 개판 5분 전의 세상에, 언어라고는 단하나뿐입니다! 유일하게 가치 있는 언어! 유일하게 존중할만한 언어! 세상을 지배하는 언어! 그건 우리 프랑스어예요!... 다른 나라 말들은, 다 횡설수설입니다, 내 말 알아들으시겠어요?... 너무 늦게 생겨난, 프랑스어의 방언에 지나지 않아요!... 덜 다듬어지고, 조악한, 광대 짓거리란 말입니다! 외국 졸부들에게나 어울리는, 너무 거칠거나 너무 간드러진 방언들입니다! 광대들이 쓸 법한 줄줄 새는 발음들이에요! 이상입니다, 대령!... 나도 내가 무슨 소리 하는지 압니다! 반론은 받지 않겠어요!"

"닫혀 있는 정신이로군요!..."

"닫혀 있다뇨... 외려 제국주의 정신입니다, 대령! 내가 어떻게 **표면**을 정복했겠어요! 당신도 봤지요? 내가 만물을 틀어쥐는 모습을? 봤죠? 가슴에 새겨뒀습니까? 모든 것은 나의 지하철에 실려 있어요!... 내가 표면에 남기고 온 게 뭘까요? 가장 쓰레기 같은 영화들뿐입니다!... 그리고 외국어들도! 번역도!... 프랑스 최악의 졸작들의 번역의 역번역들! 사람들이 저들 "유성 영화" 시나리오로 주워섬기는 대본들이죠!... 그 밖에도, 나는 심리학을 남기고 왔습니다! 심리적인 실수도 두고 왔죠!... 갖은 철학적 골칫거리들과, 사진과도 같은 공포도!... 그리고 싸늘하게 굳은 엉덩이, 궁둥이들과, 수술한 유방과, 깎아 내린 코들과, 몇 킬로그램 단위의 속눈썹들로 가득한, 영안실도 표면에 버려두고 왔습니다!... 그래요, 몇 킬로그램씩 있고말고요! 무겁지요! 기름기가 줄줄 흐릅디다! 색이 붉어요! 시퍼레요!"

그는 내 말을 듣고 있지 않습니다!

"가서 소변보시라니까요, 레제다!"

그가 내 신경을 긁습니다... 지나치게, 어쩔 줄 몰라 하고 있어요.

"괜찮아요! 괜찮아요! 아니, 괜찮다고요!"

게다가 오줌을 지리고 있는 것을 부정합니다!...

"좋습니다! 좋아요!... 내 말이 다 끝나면... 그럼 보러 갈 거예요?"

"네!... 네! 네! 꼭 그렇게 하죠!"

아아!... 그는 이제 전혀 내 말을 듣지 않습니다!... 이제 말하는 사람은 그에요, 그가 나보다 더 잘 알아요!...

"감정적인 철길! 신경성 철길! 빌어 처먹을!"

"빌어먹고 자시고도 없어요! 오직 어떻게 달려야 할까 하는 문제뿐입니다!... 직통으로, 전속력으로 가야 해요! 대령!"

"네, 직통으로!... 감정에 의한 추진! 감정적 초-정확성!"

"아! 대령, 당신도 그렇게 생각합니까?"

"그렇습니다!... 네!... 네! 전속력으로, 직통으로!"

"싸셔요! 그냥 당신 발치에, 소변 웅덩이에 싸버리세요, 대령! 소변이 흐르고 있어요, 대령! 내 말 이해하시겠어요, 대령?"

"아, 네! 아, 네!"

"어쨌든, 주목! 중요한 건 디테일입니다!... 디테일! 당신은 지금 평범한 철길 위에 있지 않아요!... 당신의 이야기는 지금 평범한 이야기가 아니라고요!"

"아, 그렇죠! 물론 그렇죠!"

"아무것도 아닌 일 때문에... 당신은 모두를 몰살시킬 수도 있다고요, 철도에 깔린 자갈! 터널!... 바람 한 줄기! 갈고리 하나에도, 차량은 전복될 수 있다고요! 시속 1,000킬로미터라고요! 당신의 이야기가 엎어져 버린다고요! 탈선한다고요! 차량 전체가 자빠질 수 있어요! 아주 고약한 전복이죠! 수치스러운 일입니다! 당신과, 당신의 독자 60만 명 모두가!... 악마 같은 재난이죠! 바람 한 줄기 때문에! 한숨 한 번에!... 묵사발이 나는 겁니다!"

"그런데요?... 그래서요?"

"그러니까, 대령... 천재란 거기 있다는 말입니다!"

"또 천재 얘기예요? 뭐 하는 천재인데요?..."

"탈선하지 않는 천재죠, 당연히! 결코 탈선하지 않는, 천부의 재능!"

"그래요, 그런데 그게 어쨌는데요?"

그는 이글거리는 시선을... 화장실 쪽으로 던지고 있었습니다!... 그래도, 그런데도, 그는 화장실에 가지 않았습니다! 화장실 가기를 거부했어요!...

"화장실 안 갈래요?... 안 갑니까? 그래요, 할 수 없군요! 이야기를 정리해 드리죠!... 당신에게, 이야기를 다시-다시-정리해 드릴게요!... 무슨 말인지 알아들으시겠어요, 대령? 이건 절대로, 평범한 문체의 평범한 철길이 아니란 말입니다! 절대로! 절대로!"

"네 절대로... 아... 절대로!"

"전적으로 특수한 철길이죠, 완전히 쭉 뻗은 듯해 보이지만, 실은 그렇지가 않은!... 당신이, 당신, 당신 자신이 아주 아주 마법과도 같은 방식으로!... 변태적으로, 잘 깎아 다듬은, 철길!"

"아, 네! 네! 네! 속임수 철길이란 말이죠."

"그렇습니다! 속임수죠!"

"좋습니다! 네!"

"천재는 바로 거기에 있는 거라고요, 대령!... 파스칼의 그 겁니다!... 지하철에서의 계시예요!... 파스칼의 계시가, 다리에서 온 거라면!... 나는, 지하철에서 계시를 받는 겁니다! 그렇게 생각하지 않으세요, 대령?"

"당신은... 당신이란 사람은... 당신이란 사람은..."

더는 잘 먹혀들지 않습니다!... 그가 날 경멸의 시선으로 훑어봅니다!... 내게 다시 한번 맞서려는 겁니다!

"당신은!... 당신은!... 어떻게 당신이?..."

"쉬이이이이! 쉬이이! 쉬이이!"

라고 나는 답합니다! 그가 화장실에 가려 하지를 않으니, 나는 그에게 쉬이이이이 소리를 내주는 겁니다!... 그가 가서 소변볼 수 있도록!... 말 그대로입니다! 그가 방광의 짐을 덜 수 있도록! 마침내!

그가 나를 점점 더 뚫어져라 바라봅니다.

"내가 화장실까지 동행하면 어떨까요?"

라고 나는 제안합니다... 화장실까지는 25미터도 채 안 됩니다... 사람들이 우리 주변에 진을 쳤어요... 점점 더 호기심을 보이는 사람들이...

"갑시다, 대령!"

"아뇨!... 당신 이야기를 듣겠어요!"

나는 참 귀엽기도 하죠!... 무슨 말인지 이해가 가세요? 나는 침착함을 잃지 않고 있습니다... 그래야만 합니다!... 나는 우리 주변을 둘러싸고 있는, 저 군중들을 위해... 거드름 피우며 이렇게 말합니다!...

"그러니까 아주 단순한 이야기에요, 그렇지 않습니까, 대령! 절대적으로 올곧은, 쭉 뻗은 듯해 보이지만, 전혀 그렇지 않은, "감정적이 된" 철길이랍니다!"

"네! 네! 네!"

"그리고 바로 그게 새로운 발명이란 말이죠, 대령!... 그게 세련이란 것이고! 또한 죽을 위기이기도 한 것입니다! 이 절대적으로 특별한 문체가요! 이해하셨죠?"

"네! 네! 네!"

"당신을 베껴대는 모든 표절꾼들이, 그 때문에 몹시 원통해하도록!... 그 때문에 스스로 목숨을 끊도록!"

"아!... 아!..."

"만약 당신의 철길이, 대령, 고전적인 문체로, 잘 이어져 나아가는 문장들로, 쭉 뻗어 있다면..."

"그러면요?... 그러면요?"

"그럼 당신 지하철은 통째로 엎어져 버리는 겁니다, 대령! 당신은 역사에 구멍을 낼 것이고! 자갈들을 뒤집어엎을 거예요! 전복 사고입니다! 당신은 터널 천장을 부숴버릴 거고! 승객들을 몰살시킬 겁니다! 죄다 곤죽이 되는 거죠, 당신 지하철 전체가! 갖은 건물들이 가득 들어차 있는, 전 차량이 몽땅 다!"

"제기랄! 제기랄! 뭐 그렇게 짐이 많아!"

"그렇습니다! 당신을 포함, 당신을 따르던 모든 미치광이들이, 전부! 대형의 사고지요, 한 사람도 다시는 못 빠져나온답니다! 당신의 철길은 오직 감정 속에서만 곧습니다, 알아들으시겠어요, 대령?"

"아, 네! 아, 네!"

"그러니 주의하세요, 대령... 무시무시한 위험이 도사리고 있습니다!... 절대로 당신의 열차를, 평범하게 쭉 뻗은 철길 위에 굴리지 마세요! 절대로! 절대로!... 절대로!... 제발! 당신 손으로! "특수하게" 깎인 철길이 아니라면! "특수하게" 제작된 철길이 아니라면! 열차를 굴리지 마세요! 그리고 그 작업은 절대 다른 이에게 맡기지 마세요! 마이크로미터 단위까지, 철저하게 세공된 철로여야 합니다! 쉬이이! 쉬이이!..."

쉬이이! 쉬이이! 소리가, 그에게 힘을 발휘했습니다... 그의 바지에서 오줌이 흘러내립니다... 그는 자기 소변 웅덩이 속에서 질척이고 있었어요... 점점 더 커져만 가는, 그 웅덩이 속에서...

"당신 참 민감하군요, 대령!... 민감한 사람이요... 영 둔탱이 바보 열등생은 아니구려! 외국인은 더더욱 아니고!"

"아닙니다! 네! 아니에요!"

"내 설명을 알아들으시겠습니까? 당신에게 말씀드린 모든 것을, 이해하시겠어요? 내 발명의 정묘함을? 내가 만들어낸

교묘한 발명품을? 그리고 어째서 내가, 문예의 천재, 그것도 유일무이한 천재인지도? 이해하시겠어요?"

"네! 네! 네!"

"절대로 핵심을 벗어나지 않는, 날것 그대로의 감정!"

"네! 네!"

"아주아주 약간이라도 지하철 운행에 실수가 있다고 해보세요!... 당신의 독자들... 당신의 문체에 홀려버린, 그런 독자들로 가득 찬, 당신의 지하철이... 대참사입니다!... 뒤집어지는 거예요, 대령!... 아주 사소하게만 어긋나도, 전복입니다! 그리고 책임자는 당신이에요!"

"네! 네! 가능한 한!"

"젖어미들, 신문 가판대들, 스쿠터들, 멋쟁이 신사들, 경찰 대대들, 표절자들이 모여 앉은 테라스들, 그리고 트럭 몇 대 분의 감정들, 이렇게 당신이 당신 책에 쑤셔 넣고, 단단히 묶어놓고, 혐오를 표했던, 모든 것이, 당신 문체가 아주아주 약간 삐끗하는 순간, 쉼표 하나를 잘못 찍을까 말까 하는 순간, 배경으로 돌진해 버린다고요! 몰살입니다! 다 묵사발 나는 거예요!"

"어?... 어?... 어?"

""어!... 어!... 어!" 할 게 아닙니다! 더 자세한 이야기가 듣고 싶어요?... 가장 내밀한 이야기보다도 더 내밀하게 감춰진, 디테일들이 듣고 싶어요?"

"아, 네!... 네!... 네!..."

"좋습니다!... 말줄임표! 말줄임표 갖고 사람들이 하도 날 욕해서, 이젠 으레 그들이 내 "점 세 개"에 대해 이렇게 주절 거리는 지경에 이르렀습니다, "아, 셀린 씨의 점 세 개!... 아, 그 말줄임표! 그는 문장을 끝내는 법을 몰라!..." 상상할 수 있는 갖은 개소리가 다 나오죠! 몽땅 헛소리입니다, 대령!"

"그런데요?"

"자! 쉬야아! 쉬야아!... 소변보세요, 대령! 그리고 당신 생각을 이야기해 보세요, 어떻게 생각합니까, 대령?"

"점 세 개 찍는 대신에, 적당한 단어들로 바꿔 채울 수 있는 거 아닙니까, 난 그렇게 생각합니다!"

"개소립니다, 대령! 멍청한 소리예요!... '감정적인' 이야기에는 어울리지 않는단 말입니다!... 당신, 반 고흐가 성당들을 찌그러지게 그렸다고 해서 비난한 적 있습니까? 블라맹크[85]가 다 쓰러져 가는 초가집들을 그려냈다고 비난한 적 있어요?... 히에로니무스 보스가 대체 영문을 알 수 없는 '것'들을 그려냈다고 뭐라 해요?... 드뷔시가 박자 무시했다고 비난한 적 있어요? 오네게르[86]도 마찬가지고! 그런데 왜 내게는 그들과 같은 권리가 없나요? 네? 내 권리라고는 저놈의 **규칙**

---

85 프랑스의 야수파·큐비스트 화가 모리스 드 블라맹크Maurice de Vlaminck, 1876~1958를 말한다. 셀린이 말하는 초가집은 퐁피두 미술관이 소장하고 있는《초가집들Chaumières》을 말한다.

86 프랑스의 작곡가 아르튀르 오네게르Arthur Honneger, 1892~1955를 말한다.

들을 준수할 권리뿐입니까?... 아카데미풍 정형시 따위, 내게
는 목불인견目不忍見이외다!"

"아뇨!... 아뇨!... 그런 얘기는 아니지만..."

"예술의 각 장르가 이미 한 세기도 전부터 마음껏 변주되
고 있다고요!... 음악, 회화, 패션... 건축!... 뮤즈들은 굴레를
벗어던졌습니다, 해방이에요!... 하물며 돌덩어리에 있어서도,
아시잖습니까!... 돌덩어리마저도!... 조각에 있어서도!... 그런
데 종이에 있어서만큼은? 여전합니다!... 아, 종이!... 글쓰기
는 농노랍니다, 그렇습니다!... 글쓰기는 일간지의 농노입니
다!... 그리고 일간지는, 바뀌지 않아요!... 안 바뀝니다!... 절대
로! 바칼로레아도 마찬가지지요!... 학교 졸업장도 마찬가지
고!... 학사 학위도 마찬가지로 바뀜이 없습니다! 절대로!... 아
무것도!... 바뀌지 않아요!"

"그렇군요, 한데 어쨌든 당신의 점 세 개는요?... 당신의 점
세 개는 뭔데요?..."

"점 세 개는 내게 필수 요소입니다!... 뺄 수가 없어요, 제기
랄!... 다시 한번 말씀드리죠, 점 세 개는, 내 지하철에 있어, 필
요 불가결입니다! 이해하시겠어요, 대령?"

"왜죠?"

"나의 감정적인 철로를 깔기 위해서죠!... 아주 간단한 이
유입니다!... 자갈밭 위에 철로를 깐다, 어떤 공사인지 아시겠
어요?... 나의 철길은 말입니다, 단독으로는 튼튼히 박혀 있을

수가 없어요... 침목枕木들이 필요한 겁니다!"

"섬세하기도 해라!"

"온갖 것들로 꽉 들어찬 나의 지하철, 무척이나 많은 것들이 들어차 있고... 절대적으로, 미어터질 정도로, 초만원을 이루고 있는, 그 지하철이 돌진을 한단 말입니다! 철로를 타고!... 앞으로 전진!... 나의 지하철은 신경계 한복판에 있습니다... 그것은 신경계 한복판을 가로질러, 돌진합니다!... 알아듣겠습니까, 대령?"

"아주 조금은요... 아주 조금..."

"지금 말씀드리고 있는 나의 지하철이라 함은, 결단코 어떤 고물 자동차 얘기가 아니라고요! 요동치는 차체를 끌고 가다 보면, 툭하면 고장 나고, 비틀비틀 갈지자 주행에 교차로마다 접촉 사고를 내고 마는, 그런 빌어먹을 폐물이 아니라고요!... 그렇지 않습니다... 나의 지하철은 어디서도 멈추지 않아요... 이 점 이미 말씀드렸습니다만! 다시금 강조하는 바입니다, 대령!"

"네! 네! 그렇군요!... 대단하군요!"

"목적지를 향해, 한 큐에 쭉입니다, 대령! 하지만 주의하세요... 오직 특수 레일 위에서만 달려야 하는 겁니다!... "예측 불허의 침목", 그런 이야기를 타고 달려야 하는 겁니다!"

"그래요? 정말입니까?"

"아직도 나를 의심합니까?... 정확하게 그렇습니다!... 그렇다고 확언드리지요, 대령!... 다시는 내 앞에서 말꼬리 잡지 마세요! 더는 날 귀찮게 만들지 말아요! 나의 "말줄임표라는-침묵을 괸-마법 같은-철로 위를 달리는-완전한-신경질의-지하철" 기법은 원자핵보다도 더 중요한 것입니다!"

"원자핵보다요? 어떻게요?"

"혁신성에 있어서라고 해두죠!"

"그래서요?... 그래서요?"

"그러니까 대령, **영화**는 망했다는 겁니다! 왜 망했는가! 하면, 시대에도 뒤떨어졌거니와 노쇠하였으며, 볼 장 다 본 게 영화이기 때문이죠!"

"아... 설마요!... 아... 설마!"

""아... 설마!" 같은 말 하지 마세요!... 당신의 "아... 설마!"를 나는 못 참아주겠소, 대령!... 나는 당신에게 아주 순수한 진실을 전하고 있는 겁니다... 내 말에서 득을 보도록 하세요!... 알고 계시란 말입니다, 나는 영화에 아무것도 남겨두지 않았어요! 나는 영화의 효과들을!... 그 모든 멜로드라마풍의 이국적 사치를... 영화의 모든 유사-감각성을!... 그 모든 효과들을... 그 진수만을, 정화해서, 모든 것을!... 온 신경을 곤두세워서 내 마법의 열차에 실었다고요! 모두 한데 모아!... 모든 것을 쑤셔 담았습니다!... 내 "점 세 개의 침목" 위를 달리는 열차는, 모든 것을 실어 나릅니다!... 내 마법의 지하철은!... 밀고자들, 수상쩍은 미인들, 안개 낀 부두, 자동차들, 강아지들, 신축 건물들, 낭만적인 오두막들, 표절가들, 반대자들, 그 모두를 실어 나른다고요!... 나는 영화에 아무것도 남겨두지 않아요!... 다만 자비를 베풀어서, "그레뱅"의 작품 두세 점... 할리우드, 주앵빌,[87] 샹젤리제, 뉴욕항은 남겨두었습니다... 그리고 골판지들도요!... 모든 넝마 조각들도... 그리고 속눈썹 더미와 유방들도!... 운동 실조증 환자들, 경화증 환자들을 위한 자비였죠... 내가 모든 감정적인 것을 채간 상황 아래에서도, 그들이 아직 모든 것으로부터 버림받지는 않았다는 것을, 다시금 깨닫도록 말입니다!... 잘 기억해 두세요!... 이미 설명했죠?... "피갈-이씨"를 순식간에 오가는 겁니다!... 최악의 게으름뱅이들마저도 감복한 일이에요!... 그리고 당신은, 대령... 당신은 어떻습니까?"

"당연하죠!... 당연히 감탄할 만한 일이죠!"

"아, 우리 의견이 일치했군요, 대령! 마갈궁Capricorne의 영향입니다! 어쩌면, 당신도 우연찮게 "시이인"이 될 수 있지 않을까요? 혹은 음악가가 될 수도 있지 않겠습니까, 아마도?"

"아, 네!... 아, 네!"

"잘됐군요! 우리는 가면 갈수록 서로를 잘 이해하고 있어요! 늘임표 없는 음악을 상상할 수 있나요, 대령?"

---

87 주앵빌르퐁Joinville-le-Pont의 영화 촬영소를 암시한다. 주앵빌의 스튜디오는 1910년에서 1987년까지 사용되었으며, 장 르누아르Jean Renoir 감독의 〈게임의 법칙La Règle du Jeu〉(1939), 〈프렌치 캉캉French Cancan〉(1954) 등이 이곳에서 촬영되었다.

"아, 아니요!... 물론 상상도 할 수 없죠!"

"사분쉼표 없는 음악은요?"

"물론 상상도 할 수 없습니다! 물론입니다!"

"다시 한번 저와 의견이 일치하는군요!"

"제기랄! 제기랄! 망할! 제기랄!"

돌연, 그때... 그가 갑자기 자기 소변 구덩이에서 펄쩍 뛰어올랐습니다... 동시에 그의 눈길이 사선으로 돌아갑니다!... 외사시의 눈빛을 하고 있습니다!... 참 훌륭한 버르장머리입니다!...

"자, 대령... 자!... 내 이야기를 들으세요!"

"빌어먹을!... 빌어먹을!"

그가 날카롭게 소리 지릅니다!... 자랑은 아니지만, 내 인격에 관한 이야기를 좀 해보겠습니다만, 참을성으로 말하자면, 나는 굴지의 챔피언이라 할 수 있습니다... 허풍이 아닙니다... 결코!... 결코 아닙니다!... 내 이야기에 대한, 증거도 있어요!... 나는 몇 년 몇 개월을 징역살이로 보냈는데, 그때 나는 감옥 의무실에 배치되었습니다. 나는 미치광이들과 함께, "중앙형무소"에서도 가장 위험하고 가장 히스테릭한 살인범들과 함께 감금되었는데, 바로 내 모범에 따라... 내 훌륭한 태도와, 모범적 말 씀씀이에 따라... 그들이 조금은 진정하도록... 그들이 더는 매번 철문에 머리를 빻지 않도록!... 쾅!... 하기 위함이었죠... 그리고, 바보 같은 한바탕 소동 끝에, 그들이 넓적다리와 가슴팍을 자해하는 일이 조금은 줄어들도록... 그들이 자기 "대퇴부"를 해부하는 일이 없도록!... 대퇴부는 치명적이란 말입니다!... 그리고 내가 이 말은 해야겠소, 대령!... 거의 언제나, 내 모범에 따라, 그들은 나아져 갔답니다... 그들은 진정되었어요... 하지만 사람들이 그것을 두고 나를 칭찬하지는 않았습니다, 나는 알게 되었어요... 사람들은 절대로 죄수들을 칭찬하지는 않는다는 것을... 진정한 인간 호랑이들이죠!... 하지만 그들은 더 이상 내 배를 가르려 들지 않았습니다... 나는 2인실에 들어가 있었으니, 하려면 쉽게 할 수도 있었을 겁니다! 특히 저녁 시간에는!... 아주 밝게 불 밝힌 방이었더라도!... 그러니 간수들이 얼마나 겁을 많이 집어먹은 거였겠어요!... 감방살이를 했던 모두가, 알고 있습니다... 감옥 안에서는 오직 자기 자신만을 의지해야 합니다!

비교하자는 건 아니에요!... 아, 아닙니다!... 그럼요! 레제다 대령과의 경우는, 지금, 감옥에서 겪어야 했던 일과 전혀 같지 않아요!... 전혀 다른 일입니다! 우리는 공적 생활의 한가운데 놓여 있었어요... 어느 공원에서... 구경거리 좋아하는 이들에게 둘러싸여서!... 그는 일어선 채로 한참 소변을 보는 중이었습니다!... 그리고 그 돼지가... 내 이름을 부르고 있었죠...

"제기랄! 젠장! 빌어먹을! 셀린!"

이 일이 만인에게 알려진다고 생각해 보세요!... 곧바로 공적 스캔들입니다!... 그렇다고 내가, 그 오줌싸개를 두려워한다는 얘기는 아닙니다만!... 하지만 우리가 그 공원을, 얌전히, 빠져나가는 것... 그것이 내 바람이었습니다!...

"대령, 내 말에 집중하세요! 다른 누구에게도 정신 팔지 말고요!... 한 가지만 기억해 두세요, 감정적인 철길입니다!... 예측 불허의 철길입니다!... 감정적인 문체예요!... 점 세 개에 맡겨진!... 점 세 개!... 세기의 발명입니다!... 내 발명품이에요!... 내 장례식은 참 놀라운 것이 될 겁니다!... 나는 내 장례식을 생각해 봅니다! 장례식을! 내가 지금, 말씀드릴게요! 미리 예언해 보지요!... 국장으로 치러질 겁니다! 나라에서 돈을 댈 거예요!... 콜레트Colette[88]의 경우가 내게 그러한 생각을 하게 했어요! 장례식에는 어느 감정에 복받친 장관이, 눈물을 훔치며 참여하겠죠! 완벽합니다! 나를 기억해 줄 사람들은 전혀 의심치 않을 거예요!... 내가 "세기의 천재"라는 것을!... 곧바로 뻗어 있는 듯 보이지만 실은 그렇지 않은 철길!... 장관께서 이 모든 것들을 다시 이야기해 줄 겁니다! 대령, 내 말을 모두 외워두세요!... 다른 누구에게도 정신 팔지 마세요!"

"온전한 신경질의 피갈-이씨 직통선! 영화는 더 이상 존재하지 않는다!"

---

88 콜레트Colette, 1873~1954는 《클로딘의 집La maison de Claudine》,《시도Sido》등을 발표한 프랑스의 작가이며 그녀의 장례식은 프랑스 국장으로 치러졌다.

그가 잘 반복해 냅니다.

"대령, 지금도 아까보다는 나아졌다만, 그게 다가 아닙니다!... 그게 전부가 아니에요! 그는 글쓰기를 통해 구어를 되찾았도다!"

"그가 누군데요?"

"물론 나죠, 제기랄! 당연히 나죠! 멍청이 같으니! 다른 누구도 아니에요!..."

그가 나를 실망시켰습니다!... 인정하지요!...

"신경질!... 온전한 신경질로!"

그가 같은 말을 되풀이합니다!

"내 말에 집중하세요, 대령!... 지금부터 가장 까다로운 부분입니다! 곧 이야기를 마무리 짓죠... 지금이 가장 미묘한 부분이에요!... 힘껏 나를 이해해 보세요! 노력해 보세요!"

"네!... 네!... 네!..."

"독자 하나를 가정해 봅시다..."

"좋습니다!"

"어느 감정적인 서적을 읽는 독자... 내 작품 중 하나를 읽는 독자예요!... 감정적인 문체로 쓰인!..."

"그렇다고 치면요?"

"그 독자는 우선은 약간 불편해합니다..."

"아... 그래요? 누가요?..."

"내 작품을 읽는 독자가요! 그에게 있어, 그는 이렇게 장담

할 텐데, 누군가가 그의 머리에 대고 직접 낭독을 하는 것 같죠!... 그의 머릿속에서 직접!..."

"제기랄! 염병할!"

"완벽하게 바로 그렇습니다!... 그의 머리에 대고 직접! 제기랄도, 염병할도 없어요!... 그에게 허락을 구하지 않고 그러는 겁니다! 그게 인상주의의 무엇입니다, 대령! 인상주의의 수법이란 게 바로 그런 거예요! 인상주의의 비밀이죠! 제가 인상주의에 대해 이야기했던가요?"

"아 네! 네! 네!"

"단순히 그의 귓가에 대고 속삭이는 게 아니랍니다! 그런 게 아니에요! 그의 신경에 대고, 내밀하게! 그의 신경계 한가운데에! 바로 그의 머릿속에서!"

"아, 좋습니다!... 그건 어떤 의미 있는 무엇이죠!"

"잘 말씀해 주셨습니다! 그건 어떤 것이 맞죠, 대령! 그렇게 이야기할 수 있어요! 누군가가, 그 독자에게, 제 바라는 대로, 그의 신경 줄의 하프를 켜고 있다고 말입니다!"

"어떻게요? 어떻게요?"

"기다리세요! 이리로 가까이 와봐요!"

나는 우리 주변의 사람들이 내 말을 듣기 원하지 않았습니다... 나는 대령의 귓가에 대고 속삭입니다...

"당신이 막대기 하나를 물속에 담근다고 해보세요.."

"막대기 하나를, 물속에요?"

"그래요, 대령! 당신의 그 막대기가 어떻게 보일 것 같아요?"

"잘 모르겠어요.."

"아마도 부러진 것처럼 보일 겁니다! 멍청이 같으니!"

"그래서요? 그런데요?"

"그러니까 당신 스스로, 그 막대기를 분지르란 말입니다, 당연한 얘기예요! 그 막대기를 물속에 담그기 전에! 그 짓궂은 장난질! 그것이 바로 인상주의의 비결이랍니다!"

"그래서요?"

"그렇게 당신은 효과를 매만질 수 있다고요!"

"무슨 효과요?"

"굴절 효과 말입니다! 그러면 당신의 막대기는 곧아 보일 거예요! 일단은 당신이 그 막대기를 분질러야 합니다, 대령!... 그걸 물속에 담그기 전에!"

"내가 그것을 분지른다!"

"막대기에 아주 거친 왜곡을 가해버리는 겁니다!..."

"아, 이거 참! 거참!"

"마치 내 감정적인 문체처럼 말이죠! 무지하게 공들여 만든 내 철로처럼 말이죠! "특수" 제작된 그 철로들처럼!"

"정말입니까? 진짜예요?"

"물론입니다! 대령, 진보를 보이고 있군요! 나를 이해하는 데까지, 이제 그리 멀지 않아요!"

"하지만 가스통은요? 하지만 가스통은요? 그도 당신을 이해할까요, 가스통이?"

"가서 보면 되죠... 가서 봐봅시다! 그에게 직접 물어보세요!"

"어디서요, 가스통의 집에 가서요?"

그는 더 이상 자기 말도 기억 못 하는 것 같습니다...

"나와 함께 가시죠, 대령! 날 따라오세요! 날 따라서 이 공원을 빠져나가자고요!"

이 빌어먹을 자식이 공원을 빠져나오길!... 오, 하지만 그는 그러길 원치 않아 합니다! 그는 그러길 원치 않아 하고, 뒷걸음질 칩니다! 그리고 다시금 고함을 지르기 시작합니다!

"싫습니다! 싫어요! 날 내버려 두세요!"

그게 어떤 결과를 불러왔을지, 아시겠죠!... 사람들은 이제 스캔들을 기다리고 있습니다... 스캔들입니다!...

"점잖게!... 조용히! 대령!"

이 밥버러지 자식을 닥치게 하기 위해서라면 뭐라도 할 수 있습니다!... 나는 연설을 하기 시작합니다! 공원 사람들에게 연설합니다! 거기 있던 모든 사람에게! 그들이 운집한 상태를 풀고... 이 공원에서 나가도록!... 우리가 공원을 빠져나가는 걸 내버려 두도록!... 나의 임기응변입니다!

"이분은 환자입니다, 신사 숙녀 여러분!... 이 사람은 환자예요! 나는 아주 오래전부터 그를 압니다! 내가 그를 돌봐주

고 있어요!... 내 환자예요!... 나는 그를 병원으로 데려가고자
합니다!..."

하지만 그가, 이 똥 덩이가, 내게 반항합니다! 당연한 일입
니다!

"그 말 듣지 마세요! 그 말 듣지 마세요! 신사 숙녀 여러
분! 그가 날 가로막으려 합니다! 그는 살인자예요! 살인자예
요! 깡패예요! 나는 갈리마르 씨가 보고 싶어요!"

"안 그래도 갈리마르 씨 보게 될 거라니까요, 빌어먹을 벽
창호 같으니! 젠장! 당신은 곧 갈리마르 씨를 보게 될 거예
요! 그가 우릴 기다리고 있어요! 내가 약속했잖아요! 보게
될 거라고, 맹세합니다!"

어쩌면 내가 그에게 터무니없는 것을 맹세했나 봅니다!

"내 목을 잡아요!... 날 꽉 잡으라고요! 꽉 잡아요!... 꽉!...
지하철이 당신을 실어가지 않도록!"

그가 나를 붙잡습니다!... 그가 내 목을 꽉 잡습니다!... 좋
습니다!... 갑니다!... 그는 대로변 위에 지하철을 보고 있습니
다!... 거기, 세바스토폴 대로[89]에서!... 그가 내게 매달립니다...
나는 이를 사람들에게 말할 핑계로 잡습니다...

"그렇습니다! 그래요! 그의 머리가 문제랍니다!... 머리가

---

89 세바스토폴 대로Boulevard de Sébastopol는 파리의 1구와 2구, 3구와 4구를 가름
   하는 변경이다. 파리 지하철 샤틀레 역, 에티엔 마르셀 역, 레아뮈르-세바스토폴
   역, 그리고 스트라스부르-생-드니 역이 이곳과 통한다. 작중 배경인 "공예 공원"
   도 이곳 옆이다.

요!... 나는 이 사람의 의삽니다, 신사 숙녀 여러분!... 그의 주치의예요! 그는 지금 발작 중이랍니다!..."

라고 나는 단언합니다!...

"철로들!..."

그가, 그가 이렇게 외치기 시작합니다...

"주치의라고? 주치의라고? 배신자! 그렇습니다! 배신자! 철로들!... 그가 모든 철로를 해체해 버렸어요!... 철로들을!... 진상은 그런 겁니다! 신사 숙녀 여러분! 도와주세요!... 살려주세요!..."

그는 조금도 진정할 기미가 없습니다!...

"그의 말을 듣지 마세요, 신사 숙녀 여러분! 이 사람은 불쌍하고 가엾은 이랍니다! 자!"

"도와주세요! 도와주세요!"

그가 한층 더 지독하게 울부짖습니다!

"그가 지하철을 전부 파괴해 버렸어요!... 그가 모든 곳에 자기 사분쉼표를 찍어놨어요!... 아나키스트 괴물 같으니!... 파렴치한!... 배신자!... 배신자!"

나는 반박합니다! 그의 말에 답합니다... 그래야만 합니다!

"그 말 가스통에게 가서 해보세요! 이리로 와요!"

내가 그를 부추깁니다...

"거기 머물러 있지 말아요!"

"네, 가서 가스통에게 이야기할 거예요!... 그에게 이야기할 거라고요!... 네, 그에게 이야기할래요!"

"그럼 이리 따라와요! 서두르라고요! 고자질쟁이 같으니! 벽창호!"

그가 따라옵니다... 오다가 멈춥니다!... 그가 울부짖습니다!

"먼저 오줌 쌀래요! 먼저 오줌 쌀래요!"

"당신 오줌 싸는 거 말고는 하는 게 없군요!"

그는 깨닫지 못했습니다만!... 사람들이 우릴 지켜보고 있습니다, 사람들이요!... 그가 어떻게 소변을 보는지! 그 소변이 어떻게 바짓가랑이로 흘러내리는지!... 모래사장에 소변 웅덩이가 고입니다... 나는 구경하던 사람들에게 이렇게 속닥거립니다...

"1차 대전 상이용사랍니다! 머리 뚜껑을 여는 수술을 했죠!... 그 이후로... 더는 자기가 무슨 말을 하는지도 몰라요! 1차 대전 때의 대령이랍니다!..."

'1차 대전'이란 말의 위엄도 있거니와... 심지어는 대령입니다!... 우릴 위해 택시를 한 대 잡아 오도록, 서두르도록! 나는 구경꾼들에게 신호를 보냅니다!... 지나가는 택시 한 대를 잡아 오도록!... 나를 돕도록!... 그래서 내가 그를, 병원에 데려갈 수 있게끔!... 그리고 더는 주변에서 얼쩡거리면서, 길을 막지 않도록!

"무슨 일이죠?... 그에게 무슨 일이 있는 건가요?"

구경꾼들은 끈덕지게도 묻습니다!...

"말을 너무 많이 한 겁니다, 그게 다예요! 말을 너무 많이 했어요!... 그게 그의 신경에!... 머리에! 발작을 일으킨 겁니다!..."

"무슨 발작인데요?"

그들이 궁금해합니다...

"그게 아니에요! 지하철 때문에 그래요! 지하철이라고요!"

라고, 대령이 다시금 내 말에 반박합니다! 그것도 이게 무슨 어조인지! 내가 사람들에게 속삭이는 내용을, 그가 듣고만 것이었습니다...

"살려주세요! 모두, 날 도와주세요!"

그가 도움을 요청하고 있습니다.

"제기랄, 어서 택시나 잡아달라니까요!"

대령 역시, 제 나름대로 군중들을 부추기는 셈이었습니다! 그들이 볼 수 있는 거라곤, 그가 얼마나 흥건하게! 소변을 싸질러서, 웅덩이가! 거기 웅덩이가 고여 있는지! 그것뿐이었거든요! 내가 지린 것이 아닙니다! 그예요! 구경꾼들이 목격한 것은 바로 그 꼴이었습니다!

"아, 네! 아, 네!"

군중들이 내 요청을 수락합니다... 이해한 것이죠... 문제가 있는 것은 '대령' 쪽이라고! 저 사람이라고! 그들은 내가 대령을 끌고 가도록 돕습니다... 우리가 자갈 깔린 공원 길을 빠져나올 수 있도록... 그들이 우리 등을 떠밀어 줍니다... 도로변으로 나왔습니다... 택시 한 대가 대기하고 있습니다.

"타세요! 얼른 타요, 대령!"

대령은 아직도 의심을 풀지 않고 있습니다!

"아무것도 걱정하지 마요! 대령, 타세요! 대령!"

"갈리마르 씨 댁으로 가는 거죠?"

"물론이고, 또 물론입니다! 돼지 같으니!"

그는 내 화를 돋웁니다!

"지하철 타고 가는 건 아니죠?"

"아닙니다! 잘 봐보세요!"

그가 택시에 오릅니다!... 순순히 말을 듣습니다... 그래도 나는 그를 밀어 넣습니다... 군중들과 함께, 다 같이 그를 밀어 넣습니다! 택시 기사의 얼굴이 한껏 찌푸려집니다... 나는 기사에게 말합니다.

"천천히 가주세요!... 환자입니다!... 주의해 주세요!... 천천히!"

"어디로 모실까요?"

"세바스티앙보탱 거리rue Sébastien-Bottin 5번지로!"

우릴 둘러싸고 있는 군중에게 감사 인사를 합니다... 그들이 또 질문을 던집니다!..."어느 병원으로 가실 건가요?..." 나는 어서 가자고 재촉합니다... 택시가 출발합니다... 어이쿠!... 택시가 덜컹댑니다... 내 인터뷰어의 몸은 가볍게 흔들리고 있습니다... 잠이나 들어버려라... 그래라... 그래다오... 그의 눈이 살짝 감깁니다... 아, 아까는 내 얼마나 아슬아슬하게 위기를 모면했던가!... 아차, 그런데 대령의 변의는 어떡하지?... 이걸 어째? 여기서 오줌을 싸면 어떡하지?... 쿠션이 젖을 텐데? 그가 택시를 온통 물바다로 만들어버린다면?... 나는 차마 대령을 바로 볼 수가 없었습니다... 차는 대단히 천천히 나아갔습니다... 트럭들이 잔뜩 보이기 시작합니다... 레알Les Halles입니다!... 트럭들이 거의 1미터마다 한 대씩 주욱 늘어서 있습니다!... 붉은 등!... 노란 등!... 좋습니다!... 어쨌든 우린 이제 샤틀레Châtelet까지 온 셈입니다... 대령은 잠들었겠죠!... 그럼 된 겁니다!... 어떻게든 되겠죠! 그런데 바로 그때, 그가 한쪽 눈을 떠버립니다! 그가 바깥 풍경을 바라봅니다... 광장을 바라봅니다... 내가 "아차!" 할 시간도 없이!... 내 속이 어땠을지는 상상이 가실 겁니다!... 그가 차창을 두들깁니다!... 차창을 마구 칩니다!... 당연합니다!... 쾅! 쾅쾅! 소동입니다!... 그가 다시금, 구조 요청을 하기 시작합니다!

"살려주세요! 살려주세요!"

그것도 있는 힘껏!... 샤틀레 광장에서의 스캔들입니다!... 이건 추문이에요!... 그는 스캔들을 바라고 있는 겁니다! 사람들이 몰려오고 있습니다... 또다시 군중들이 우릴 감쌉니다!...

"뭡니까? 무슨 일이에요? 뭐예요? 뭐예요?..."

택시 기사가 차를 세우고는... 문을 열어줍니다... 그리고 다시 한번, 내가 '아차' 할 틈도 없이! 내 마귀 들린 대령은 뛰쳐나가 버립니다! 문짝이 날아갈 듯합니다! 그렇습니다! 그러고는 비명을 질러대고 있습니다!... 그가 멀리 달아납니다!... 나는 그를 쫓아갑니다!... 그는 벌써 분수까지 달려가 있었습니다! 분수 둘레돌 위에! 말 타듯 걸터앉아 있습니다!

"물! 물을!"

이라고 그가 물을 요구합니다!... 나는 그에게 달려들어서!... 한쪽 다리를 잡고! 다시 다른 쪽 다리도 잡아채서!... 끌어당깁니다! 그는 옷을 벗고 있었습니다!... 바로 거기서, 목욕을 하고 싶어 했던 겁니다! 있는 그대로, 분수에서!... 택시 기사도 날 쫓아 달려왔습니다... 택시 기사가 외칩니다!

"돈은 주셔야죠! 돈은 주셔야죠 손님!"

나는 일단 이 수치스러운 자식의 다리를 놓아버립니다... 택시 기사에게로 돌아가... 계산을 합니다... 어서! 어서! 분수로! 분수로 돌아가야 합니다! 물속에 뛰어든 대령을 다시 붙잡아야 해요! 그의 다리를 붙잡아야 합니다!... 경찰들이 와 있었습니다!

"저 사람 뭐 하는 겁니까?...아는 사람이에요?... 일행입니까?"

그들이 내게 묻습니다...

"저 사람을 집으로 돌려보내던 중입니다!... 나는 그의 주치의예요!"

"신분증 좀 보여주시죠!"

나는 신분증을 제시합니다... 경찰들에게 병원에 관한 이야기는 하고 싶지 않습니다... 그러면 일을 처리하는 데 몇 시간은 더 걸릴 거예요!... 경찰들은 내게 구급차를 불러주겠죠!... 그거참 근사한 일일 겁니다! 그럼 나는 또 다른 해명을 시작해야겠죠... 난 이미 질려버린 상태였습니다! 경찰들도 말이죠, 아무래도 상관없는 일에 왜!... 다들 좀 가버려라, 이상!... 더 할 말도 없어요!... 신분 증명은 택시 잡을 때도 이미 한번 했단 말입니다! 사람들에게 내 신분증을 보였단 말입니다... 끝내주는구먼! 도망가야만 합니다! 바로 떠나버려야만 했어요!... 몰려든 이 군중에게서, 소요 사태가 일어나지 않도록!

"좋습니다... 어서 저 사람에게 옷을 입히도록 하세요... 정확하게 어디로 데려가시는 겁니까?"

"세비스티앙보탱 거리 5번지입니다!"

"당신 집인가요?"

"아뇨! 그의 아내가 사는 곳입니다!"

"저 사람은 왜 저러는 건데요?"

"1차 대전 상이용사입니다!"

그 와중에도 나의 '부상자'께서는 얼마나 큰 소리로 고함을 내지르는지!

"가스통을 만나고 싶어요! 가스통이 보고 싶다고요! 경찰

아저씨들! 가스통 말입니다!"

"가스통이 누구지요?"

"그의 삼촌입니다."

라고 나는 못 박아둡니다...

"좋습니다, 지체하지 마시고! 그를 데려가세요! 다시 옷을
입히도록 하세요!"

기쁘게도, 이번에는 단박에... 대령이 내 말을 듣습니다!...
더 이상은 물도 원하지 않아 하고!... 더는 아무것도 요청하지
않습니다!... 그가 순순히 분수 꼭대기에서 내려옵니다!... 둘
레돌을 넘어와서... 혼자... 바지를 챙겨 입습니다... 웃옷도 입
습니다... 나는 그를 재촉합니다... 도와줍니다... 구경꾼들이
거든답시고 달려들지 않을까 걱정했습니다만... 그들은 길
을 터주고... 우리가 지나가도록 그냥 놔둡니다... 좋습니다!...
이 사람들은 공원에 있던 구경꾼들보다는 고집이 덜합니다...
한편 정말로 몸이 좋지 않다 느꼈던 것은, 바로 나 자신이었
습니다... 현기증이 올라오고 있습니다! 그런데 그런 내가 안
내역을 맡고 있고!... 그런 내가, 대령을 부축하고 있다니! 군
중들의 질문에 일일이 답해야 하는 것도 나였습니다!... 그리
고 경찰들에게도!... 나, 앉을 권리를 가진 것은 차라리 나였
을 텐데 말이죠!... 좀!... 나 역시도, 나도 1차 대전 상이용사
란 말입니다! 나는 정말이지... 좀 앉아서 쉬고 싶었어요... 바
로 근처에, 내가 아는 근사한 카페 하나가 있었습니다... 결국

우리 둘 모두에게 근사한 곳일 겁니다... 극장 옆에 있는데...
그 카페에는, 가게 안쪽에 숨은 공간이 하나 더 있거든요... 내
가 잘 아는 가게입니다... 내가...

　"대령, 피곤에 지쳤군요!... 가서 잠깐 쉽시다!... 코냑 한 잔
마시면 당신도 힘이 날 거요! 저쪽에, 바로 앞에 좀 들렀다 갑
시다... 부축해 줄 테니 팔 줘봐요!"

　그가 내 말에 따릅니다... 고분고분합니다... 그를 데리고
광장을 가로지릅니다... 그러고 나서 오른쪽 길로 접어들어
갑니다... 함께 횡단보도를 건너갑니다...

　"강둑으로, 대령! 일단 강둑길로 나갑시다!"

　그런데 그때!... 그가 갑자기 멈춰 섭니다! 움직이지 않습
니다! 깜짝 놀랍니다!

　"이쪽입니다! 이쪽으로 오세요, 대령!"

　"저게 뭐지? 꽃이군요! 꽃들이에요!"

　라고 그가 외칩니다...

　"뭐요? 꽃이요?"

　"가스통에게 꽃들을 사갑시다! 가스통을 위해 꽃을, 잔뜩!"

　나는 그의 뜻에 거스르지 않으렵니다...

　"가스통에게 꽃을 주고 싶어요! 가스통에게, 꽃을 잔뜩!
가스통에게 꽃들을 잔뜩!"

　"알겠습니다, 대령! 그렇게 합시다!"

　"가스통에게 줄 꽃을 사주세요!"

안하무인 같으니!

"그래서 무슨 무슨 꽃을 샀으면 좋겠어요?"

"몽땅 다요!... 가스통에게, 몽땅!... 장미들! 장미들!... 거기에 글라디올러스를 잔뜩!... 싫다고 하면 당신을 죽이겠어요!... 장미도 잔뜩 사야 해요, 알겠죠?... 장미를 잔뜩!"

말본새하고는! 그는 그런 생각을 하는 겁니다!... 길 건너편에서... 우리 맞은편의 보도에서... 경찰들이 우릴 주시하고 있었습니다... 이 비열한 자식이, 또다시 소동을 일으킨다면!... 그들이 달려올 겁니다!... 우릴 체포할 겁니다!... 그래서 나는 얌전히 지갑을 엽니다... 그에게 복종합니다!... 그가 장미 한 송이를... 장미 열 송이를 집도록 내버려 둡니다... 원하는 모든 것을 챙기도록! 그는 장미만을 원했던 것이 아닙니다... 백합도 집어 들더니... 카네이션도 집어 둡니다! 백합 세 다발!... 그러고는 수국 화분을 하나! 커다란 걸로! 거기에 글라디올러스까지... 나는 값을 치릅니다... 나는 아무 말도 하지 않습니다...

"가스통이 좋아할까요?"

대령이 몹시 기뻐하고 있습니다!... 다행히도, 바로 저기, 맞은편에, 가고자 했던 카페가 보입니다... 바로 맞은편에!... 횡단보도 하나만 더 건너면!

"저기예요! 저깁니다, 대령!"

이제 됐습니다! 우리는 카페로 들어왔습니다... 꽃다발을 잔뜩 껴안은 채로, 계산대 앞을 스치며, 나는 작금의 상황을 이렇게 해명합니다.

"안쪽에 앉을게요... 비었죠? 꽃이 있으면 참 기분이 좋아진단 말이죠! 이건 결혼식에 가져가려고 산 거랍니다!"

가게 안쪽 방에는 당구대가 비치되어 있었습니다... 방이 어둡습니다... 당구를 치러 오는 손님들이 없는 시간입니다... 나는 점원에게 이렇게 반복합니다...

"우리는 오늘 결혼식에 갈 거랍니다!"

나의 미치광이, 그는, 꽃들 덕분인지, 완전히 바뀌어 있었습니다! 그는 기쁨에 젖어 있습니다! 더는 투덜거리지 않습니다... 몹시 기뻐하고 있습니다!

"가스통 마음에 드는 걸 겁니다, 그렇죠?"

"그럼요! 그럼요!"

"가스통은 장미를 더 좋아하나요? 아니면 백합을 더 좋아하나요?"

"둘 다 미친 듯이 좋아한답니다!"

"가스통은, 그런데, 어떤 작가들을 좋아하나요?"

"아마 작가라면 다 돼지길 바라고 있을 겁니다!"

"그러면 갈리마르 출판사에서 낼 책들은 누가 쓰죠?"

무슨 멍청한 질문을!

"당연히 당신이죠, 대령! 당신 혼자 쓰면 되는 겁니다!"

"전부 다요?"

"당연한 소리 아니겠어요! 물론입니다! 다 필요 없고! 당신이 쓰면 되는 거예요!"

"내가 그럴 수 있을까요?"

"아아, 저런, 저런! 식은 죽 먹기죠! 쉬이 할 수 있습니다!"

"어떻게요?"

"이봐요, 내가 '기교'에 대해 말해줬잖습니까!"

"아, 그랬죠, 그랬죠!"

"전부 잊어버린 거예요?"

"아닙니다! 아니에요! 아무것도 잊지 않았습니다! 감정적인 철길! 지하철! 점 세 개를 타고 급행으로! 피갈에서 이씨까지, 1분 안에!"

"그리고 또 무슨 얘길 했죠?"

"독자들을 몽땅 홀릴 것!"

"좋습니다! 하지만 그게 전부가 아니었죠, 또!"

"특수 제작한 문체!"

"정확합니다!"

""감정적으로 된" 천재! 문예의 대혁명!"

"그리고요? 그리고 또 뭐가 있었죠, 대령?"

"그리고 마침내 셀린이 오셨다!"

"좀 더 뜨겁게요, 대령! 그렇게 설렁설렁 넘어가려고 하지 마세요, 자, '셀린'이라고요! 가슴에 새겨두세요! 믿으세요! 믿음을 갖고, 대령! 다시 한번!"

"마침내 셀린이 오셨다!"

"좋습니다! 아! 많이 나아졌군요! 나쁘지 않아요!... 하지만 그걸로 끝인가요? 아마 영화에 대해서도 말씀드렸을 텐데?"

"네! 네! 네! 영화는 망했습니다, 감정적인 문체가 영화를 죽였습니다!"

"아주 좋습니다!... 좋아요!..."

"하지만... 저기, 가스통은요?... 가스통에 대해서는 말씀 안 해주세요?"

올 게 왔습니다!... 그놈의 강박에! 대령이 또 사로잡힙니다!...

"곧 가스통을 보러 간다니까요!... 약속드렸잖습니까!..."

제발, 그가 내게 또다시 재앙을 가져다주는 일이 없도록!... 나는 창밖에 경찰들이 왔다 갔다 하는 것을 봅니다... 대령, 이 무뢰한이, 또다시 소동을 일으킨다면, 그들이 우릴 체포하러 올 거예요, 틀림없습니다!... 체포를 면할 길이 없어요!... 그러니 내가 대령의 정신을 붙들어 매야 합니다!...

"그러니까 걱정 말고, 뭐라도 좀 마십시다, 대령!"

"아, 알겠습니다!... 그러죠!"

그가 벌떡 일어나 계산대로 달려갑니다!... 뛰쳐나갑니다! 카페까지 와서도 여전히 그는 내 통제 밖입니다!... 이 자식은!... 순발력도 좋지! 그리고, 그가 이렇게 노래합니다.

"콸콸! 콸콸! 여기 파리 여인이 있네!... 주인장! 어서요! 랄라라 후!... 블랑 고메[90] 한 잔이랑!... 럼주를 한 잔 가득하고 반 잔! 아! 그리고 블랙커피 한 잔 주시오!"

그는 주문을 하더니... 생각을 고쳐 다시 주문합니다...

"아니다! 블랙커피 말고!... 크림 탄 걸로 한 잔 주시오."

그리고, 카페 주인과... 그의 아내에게, 손가락을 들어 나를 가리켜 보입니다...

"저 사람입니다! 네, 저기 저 사람이에요! 그를 봐두세요! 잘 봐두세요! 저자는 내가 블랙커피를 마시길 바랐을 거예요!... 살인자입니다!"

"뭐라고요? 뭐요?"

카페 주인과 그의 아내가 의아해합니다...

"블랙커피 말이요!... 그걸로, 내가 중독되길 바랐겠죠!... 틀림없어요! 틀림없습니다!... 그가 철로들을 전부 해체해 버렸어요! 신사 숙녀 여러분!... 저자입니다!... 잘 보세요! 네!... 저자입니다!..."

그들이 나를 빤히 바라봅니다... 다시금 기지를 발휘해야 할 때입니다!... 나는 결코 당황하지 않았습니다!... 농담을 퍼부어야 합니다!... 일제 사격으로!... 연극을 해야 하는 겁니다!... 가능한 한 유쾌하게, 즐거운, 결혼식 하객들인 것처럼!... 우리가 신랑의 들러리들인 것처럼!... 우리의 커다란 수국 화분을 증거로 제시할 수도 있었습니다!... 우리는 쾌활하기 그

---

90 칵테일의 일종. 백포도주에 설탕 시럽을 탄 술.

지없는 친구들인 것입니다! 이미 취할 대로 취해버린 두 사람인 거죠! 그저 그럴 뿐! 이상! 카페 주인과, 그의 부인은 서로 수군대더니만... 결국 그들도 함께 웃기 시작합니다... 이제 됐습니다!... 그들이 웃기 시작하는 겁니다! 내 미치광이 대령은, 계산대에서, 감정 동요를 일으킵니다! 가득 차 있는 잔들을 서로 부딪치더니... 하나를 집어 바닥에 던집니다!... 꽉 찬 잔을!... 그리고 둘째 잔을!... 그리고 셋째 잔을! 나는 주인 부부에게, 그를 거슬러서는 안 된다는 신호를 보냅니다... 그러자 그들은 대령에게 새 잔에 따른 맥주를 내놓습니다... 대령은, 이번에는 그 맥주를 마십니다... 그리고 다른 모든 잔에 채워진 것들을, 반쯤 비운 그 맥주잔에 부어 넣습니다!... 블랑 고메, 코냑, 그리고 옆자리에서 집어 온 브랜디까지 섞어 넣습니다!... "이봐요! 이봐요?"라며 옆자리 손님이 화를 냅니다... 아, 그러고 나서 대령은 거기에 블랙커피까지도 섞어 넣습니다!... 그는 모든 것을 섞습니다!

"갈까요? 갈까요?"

이젠 어서 가자고 성화입니다!... 어서 계산을 마치고, 떠나자고 보챕니다!...

"알았어요, 대령! 자!"

나는 그의 명령을 따릅니다!... 그는 비틀거리며 걷고 있습니다... 내 생각에, 곧 토할 것 같습니다!... 그가 경찰들 앞에서 토하면 어떡하죠?... 혹은, 경찰들'에게' 토한다면?...

"대령, 택시를 잡을까요?"

그가 거절합니다!

"아뇨!... 꽃들이 떨어지지 않게 조심하세요!"

나는 화분을 들고... 그는 꽃다발을 한 아름 가득 들고 있습니다... 백합, 글라디올러스, 장미... 나는 그를 거스르지 않을 겁니다!

"화분 떨어트리지 마세요!"

그가 다시금 내게 명령합니다... 하지만 그의 걸음걸이는 이미 표류하는 배 같습니다... 나는 그에게, 그가 떨어트린 꽃을 주워줍니다, 멍청이 같으니!... 그리고 그의 어깨를 부축합니다... 그가 걷는 것을 부축합니다... 사람들이 우릴 따라오고 있습니다... 그는 계속해서 딸꾹질을 합니다... 이제 우리는 예술교Pont des Arts에 도달했습니다... 우리는 나아갑니다... 힘들게 나아갑니다만, 어쨌든 나아가고는 있습니다!... 다리의 난간 덕분입니다!... 간신히 한 걸음씩 나아갑니다... 나는 그를 난간 쪽으로 밀어붙입니다... 그가 계속 그렇게 비틀거리다가는 버스에 치일 겁니다... 실로 버스들이 맹렬히 질주하고 있습니다!... 사실 내 몸 가누기도 힘들었습니다... 나는 그에게, "똑바로 서라!"라고 말하고 싶습니다! 나는 무지막지하게 피로했습니다... 말을 하면 난 피곤해집니다... 나는 말하는 것을 좋아하지 않습니다... 나는 말을 증오합니다... 말하기보다 더 날 기진맥진케 하는 것은 없습니다... 저 거지

155

발싸개를 위해 참 많이도 주절거렸죠... 여간 힘든 것이 아니었습니다... 좀 말을 많이 했어야죠!... 몇 시간이고 떠들어댔습니다! 사실 인터뷰를 이끌어나가야 했던 것은, 그였는데 말입니다!... 빌어먹을 인터뷰입니다!... 어떤 얼간이들이 내게 이 사람을 추천한 걸까요!... 계속 저런 식으로 휘청거리다가, 그의 다리가 꼬인다면, 그래서 자기 다리에 걸려 넘어진다면? 그래서 달려오는 버스 앞에, 쓰러진다면? 충분히 가능한 일이었습니다!... 그의 숱한 탈선과... 가늠할 수 없는 급정지들이... 나를 한 마리 짐승처럼 만들었던 것입니다!... 뭐 그런 상상도 해봤습니다만!... 어쨌든 오해 말았으면 싶습니다! 사람들은 만약... 슬프게도, 그가 진짜로 버스에 깔려버린다면, 그를 차도로 떠민 게 나라고 생각할 것입니다!... 편협한 사람들이 말이죠!... 난 그들을 잘 압니다!... 무시무시하죠!... 그들은 일단 여러분을 살인자 취급부터 하고 보는 겁니다!... 오직 그러기 위해서만, 그들은 당신에게 관심을 두는 겁니다!... 그들에게는 여러분을 표적으로 몰아가고자 하는 열망이 있어요... 여러분의 모가지를 치고 싶어 하는 겁니다! 물론!... 물론!... 내가 그를 다리 아래로 밀어버릴 수는 있었을 겁니다!... 하지만 차도로는 아닙니다!... 어쨌든 물속으로!... 이 레제다 대령, 다른 이름으로는 Y 교수를!... 당연하죠!... 나는 그를, 대령과 그의 화분과 그의 꽃다발을!... 단 한 방에!... 장난삼아! 난간 쪽으로! 다리 난간 너머로 밀어버렸습니다! 물론 상상 속에서였죠! 그냥 재미 삼아 그려본 얘기였습니다!... 그런데 그런 생각을, 그 또한 했던가 보더군요! 당연하죠!... 당연하겠죠!... 하지만 그는 재미 삼아가 아니었습니다!... "이리 와봐요! 이리 와보세요!"라고 그가 외치더니... 내 등 뒤로 뛰어올랐습니다!... 막무가내입니다! 상상도 못 했던 일을!... 실로! 실로! 저지른 겁니다!... 그는 두 팔로 내 허리를 껴안고! 놔주지 않습니다! 나를 꼭 잡아둡니다!... 나는 그에게서 빠져나옵니다!... 야만인 같으니!... 구경꾼들이 우릴 보고 웃습니다! 두 취객이 서로 다투는 것으로밖에 안 보이겠죠!

"여보세요! 이봐요, 대령!"

누구도 진상을 눈치채게 해서는 안 됩니다... 계속해서 분위기를 장난스럽게 몰아가야 합니다!...

"건너갑시다!... 어서 건넙시다, 대령! 가스통이 우릴 기다리고 있어요!"

그때, 구경꾼들이 끼어들기 시작합니다...

"가스통이 누군데요?"

"이 사람의 삼촌입니다! 이 사람의 삼촌이에요!"

이미 했던 얘깁니다! 제발 그들이 나를 가만 놔뒀으면 좋겠습니다!... 프랑스 학사원 건물 외벽의 시계를 보니... 이미 "5시"가 넘어 있었습니다!...《신프랑스평론》사무실은 "5시"에 문을 닫습니다! 우리는 이제 예술교의 다른 쪽 끝에 다다

룹니다...

"어서요, 대령."

프랑스 학사원을 지나면, 좁은 골목들이 있고... 뒤이어 라스파이 대로가 나올 거예요...

"어서 갑시다, 대령! 가스통이 당신을 기다린다고요!"

제발 그가 멈춰 서지 않기를!... 난동이라도 부리지 않을까, 어찌나 걱정스러운지!... 우리는 간신히... "봉 마르셰" 백화점 인근 공원까지 와 있었습니다... 군중들이 우리 뒤를 쫓아오고 있습니다... 대령이 이렇게 제안합니다...

"잠시 앉았다 가면 어떨까요?"

하, '앉았다 가자'라, 나는 싫습니다!... 나는 그러고 싶지 않아요! 공원은 더는 싫어요!... 또다시 공원이라니!...

"안 돼요, 대령! 여기서 멈춰서는 안 돼요! 조금만 더 가면 됩니다! 조금만 더 가면 가스통이 있다고요!"

실로 그러했습니다!... 아무리 많이 잡아도... 3, 4분이면 도착할 겁니다! 그가 휘청거립니다... 비틀거리며 걷습니다... 그건 나도 마찬가지입니다... 하지만, 그가 의심의 여지없는 만취 상태인데 반해... 그러니까 아까 카페에서 이것저것 섞어 마시고는 맛이 간데 반해!... 나는 취한 것이 아니었습니다!... 나는 취하지 않았습니다!... 나는 그저 머리가 아픈 것일 뿐이에요!... 너무 이야기를 많이 해서, 두통이 온 것이었습니다!

"가스통이 아직 있을까요?"

"꼭 만나볼 수 있을 거라고, 내가 약속했잖습니까, 대령."

"그가 꽃을 좋아할까요?"

"환장하지요!... 그러니까 떨어트리지나 마세요!... 꽃다발들이 떨어지고 있잖아요!... 날 보세요, 나는 화분을 안 떨어트리고 잘 갖고 있잖아요!"

사실입니다, 그는 자기 꽃다발을 떨어트리고 있었습니다!... 물론 다 떨어트린 것은 아니었고... 아직 열 다발... 아니 열다섯 다발 정도는 남아 있었습니다!...

"표면이라는 게 어떤 것인지 이제 아시겠어요? 이해하시겠어요, 대령? 당신은 더는 존재하지 않습니다! 이미 말씀드렸을 터예요!... 말씀드렸죠!... 이건 혼돈이라고!... 공포라고!... 당신은 모든 것을 잃어버립니다, 대령!"

그는 내 이야기를 듣지 않습니다... 내게 귀 기울이지 않아요... 우린 그저 나아갑니다... 나는 그를 단단히 부축합니다... 그의 오른쪽에서... 이대로 가다가는, 더는 꽃이 남아나지 않을 것 같습니다!... 그는 계속해서 꽃을 흘리고 있습니다!... 나는 그 꽃을 줍습니다... 군중이 나를 돕습니다... 우리는 그의 품에 다시금 그 꽃을 안깁니다... 그리고 이것이 말해주는 바가 얼마나 큰지! 군중 사이에는, 샤틀레부터 우리를 따라온 사람들도 있었습니다... 갖가지 질문이 쏟아졌으나, 그중에서도 특히 대령의 계급에 대한 질문이 많습니다...

"정말로 그가 대령이라고 생각하나요?"

그러한 의구심이 군중을 사로잡고 있습니다... 그는 정말로 대령일까요?

"당신은 의사라고요?... 의사요?... 어디로 가세요?... 결혼식장에는 얘기했나요?... 병원에는 얘기해 두셨어요?..."

나는 많은 이야기를 쏟아냈고... 때로 그 이야기들은 서로 모순되었습니다... 나는 이제 이해했습니다... 군중은 알고 싶어 한다는 것을... 모든 것을 알고자 한다는 것을! 하! 제발 그들이 우릴 내버려 뒀으면!... 더 바랄 게 없겠는데!... 목적지가 멀지 않았습니다... 바크Bac 거리입니다... 교차로를 지나, 세바스티앙-보탱 거리가 나옵니다... 번지수를 찾는 것은 문제가 아니었습니다... "5"번지입니다!... 문제는, 우리가 그 안으로 들어가는 것이었습니다! 정확하게! 후다닥!... 우리 두 사람만!... 저들 더러운 코찔찔이, 쓰잘데 없는 고집쟁이 무뢰한들을 문밖에 남겨두고 말입니다!

"몇 번지를 찾으시는데요?"

군중은 모든 것을 알고 싶어 합니다!... 나는 그들에게 큰 소리로 욕지거리를 합니다!... 그리고 내 온 힘을 다해!... 대령을 한 대 때립니다!... 그러자 그의 다리가 풀려서! 거의 무릎을 꿇고 쓰러질 뻔합니다!... 나는 그를 일으켜 세웁니다!... 그가 백합 다발을 떨어트립니다!... 내가 다시 주워줍니다만... 그는 다시 떨어트립니다!

160

"대령!... 대령!"

나 역시도 휘청거립니다... 표류하는 배가 된 느낌입니다만... 힘을 내야 합니다!... 용기를 내야 합니다!

"대령!... 이제 됐어요!... 도착했어요! 다 왔다고요!..."

대령을 한 대 더 때립니다!... 그가 더는 머뭇거리지 않도록 말입니다!... 퍽!... 돌아볼 엄두도 나지 않도록!... 퍽!... 대문 너머로 속히 달려가도록! 그가 대문을 뚫고 지나가도록!... 왜냐하면 이제!... 우리는 《신프랑스평론》에 있기 때문입니다!... 나는 대령을 데리고, 기념할 만한 또 다른 아치문 아래를 지납니다!... 몸을 날려 들어옵니다!... 우리를 따라오던 군중 역시, 따라 들어오고자 합니다!

"안 돼요! 안 돼요! 안 됩니다!"

수위가 그들을 막아섭니다! 그리고 나도 함께 막아섭니다! 다행입니다, 수위가 있었습니다!

"문 닫았어요! 들어오시면 안 된다고요! 썩을 것들! 더러운 놈들아! 썩 꺼져!"

수위가 군중을 문밖으로 떠밀어 냅니다! 다행히도 그는 힘이 장사랍니다!... 그러나 계속해서 안으로 뚫고 들어오려는 사람들이 있습니다!

"문 닫았다고요! 제기랄! 닫았다고!"

라고 외치고, 그는 문을 잠가버립니다! 커다란 문을! 철컥! 찰칵! 철컥! 바깥에서는, 아우성이 어찌나 심한지!

그들이 대문을 두들겨댑니다! 밀쳐 흔들어댑니다! 있는 힘껏!... 그러다가... 점점 힘이 빠지는지... 더는 두들기지 않습니다...

"이 사람은 누군가요?"

수위가 내게 묻습니다.

"쉿! 쉿!... 조용!... 작가분이랍니다!"

"저는 모르는 분인데요..."

"쉿!... 쉿!... 쉿!... 이 사람 작가 맞아요!... 지금 발작 중이랍니다!..."

"무슨 발작이요?"

나는 그에게, 대령은 머리를 다친 사람이라는 신호를 줍니다!...

"1차 대전 상이용사랍니다."

"아!..."

나는 이제 수위에게... 그리고 막 수위실에서 나온 그의 아내에게... 두 사람에게 상황을 설명해야 합니다...

"1차 대전 참전 대령입니다!"

"아!... 그래요?..."

"그가 좀 쉴 데가 있으면 싶은데요! 갈리마르 씨하고 약속이 있거든요... 그는 갈리마르 씨 손님입니다!"

"지금 뵐게요?"

"네!"

"하지만 가스통 씨는 가셨는데요!"

우리가 벌였던 소동 탓입니다! 그거 때문에, 시간을 못 맞추고 조금 늦어버린 거예요! 하지만 내일은 그가 갈리마르 씨를 볼 수 있을 겁니다! 내일 아침엔요!

"어쨌든 저 사람이 계속 여기 머물러 있을 수는 없잖아요!"

"그럴 겁니다! 계속 여기 있을 겁니다, 부인!"

내가 수위의 아내에게 답합니다... 그녀는 결코 호의적으로 보이지 않습니다!... 나는 거칠게 밀어붙입니다... 권위를 앞세울 때입니다!...

"저 사람을 어디 눕힐 건데요?"

"대응접실에 눕히면 되죠!... 잘 잘 겁니다!... 쉿! 조용히!"

"하지만 가스통 씨가 밤에 오지는 않아요!"

"상관없죠! 둘은 내일 만날 겁니다! 아주 중요한 약속이라니까요!"

부부는 그다지 내 말을 믿지 않는 듯합니다.

"저 위쪽에? 저 위쪽에 재운다고?"

또다시 긴긴 설명으로 돌아가야 하나? 그만 줄이자!

"좋습니다! 그럼 됐어요! 이리로, 여기 눕힙시다!"

라고 나는 결정합니다.

"그를 좀 재워주세요! 그는 좀 자야 합니다!"

대령은 이미 그대로 선 채 졸고 있었습니다... 코까지 골면서!... 거기, 양쪽에서 그를 부축하고 있는, 수위와 나 사이에

껴서 말입니다...

"부인, 부인께서는 꽃다발이나 좀 챙겨주세요!"

"어디다 놔둘까요?"

"물병에 꽂아두세요."

"화분은요?"

"가스통 씨 사무실에 갖다 두세요! 가스통 씨 방에! 사무실에! 책상 위에!"

"그럼 저 사람은... 저 사람은 그냥 바닥에 둘까요?"

나는 잠시 망설입니다...

"수위실에 재우면 안 될까요? 괜찮으시면? 양탄자 위에 눕히면 안 될까요?"

라고 나는 제안합니다...

"이 사람 병자라고 하셨잖아요... 그럼 병원으로 데려가는 게 더 낫지 않나요?"

"안 됩니다! 안 돼요! 안 됩니다! 갈리마르 씨가 그 사람을 만나고 싶어 한다니까요! 그렇다니까요!"

나는 단호하게 말을 이어갑니다!...

"약속 잡힌 사람이에요! 제가 그렇다고 말씀드리잖아요! 약속 잡고 왔다니까요! 이 사람이 토하지나 않을까 싶어서 걱정되는 거죠?"

이제 뭐가 뭔지 알겠습니다!... 수위 부부는 양탄자가 더럽혀질까 봐 걱정하는 것입니다!

"그럼 베개나 하나 주세요, 부인! 이불도요! 저렇게 땅바닥 베고 자다가! 폐렴이라도 걸리면 어떡합니까!"

이 사람들이 부디 책임감을 좀 통감하길!

"잘 좀 재워주세요! 부탁합니다!"

수위 내외는 서로 속닥거리고... 상의했습니다...

"어서요! 어서! 갈리마르 씨 손님이라고요!"

나는 수위의 아내를 붙잡아서... 떠밉니다... 그녀가 2층으로 올라갑니다... 발걸음 소리가 납니다...

"이불도요!"

그녀가 이불을 갖고 돌아옵니다... 이제 됐습니다!... 대령은 코를 골고 있습니다... 우리는 그를 바닥에 눕힙니다... 딱딱한 바닥에서 잘도 잡니다!... 그다지 좋은 기색은 아니었다만, 어쨌든 자고 있습니다!... 베개도 있고 이불도 있습니다!... 여전히 바닥에! 맨바닥에서지만서도! 세상에!... 이 일은 널리 알려져야 합니다! 만인이, 똑똑히 기억해야 합니다, 그가 이불이라도 덮을 수 있었던 것은 내 덕분이라고요!... 수위 부부는 그에게 이불 한 장 안 내어주고 내버려 뒀다고요!... 나는 대령이 소변을 지리지는 않는지, 그의 아랫도리를 확인해봅니다... 더는 소변이 흐르지 않습니다!... 그의 맥박을 재어봅니다... 분당 75회... 정상입니다!... 더는 군중들도 대문을 두드리지 않습니다...

"아직 밖에 남아 있는 사람 있나요?"

라고 나는 물어봅니다... 수위는 문을 살짝만 열어서... 밖을 확인해 봅니다...

"아뇨! 아무도 없습니다!..."

"지금 몇 시죠?"

"10시요!..."

"좋습니다! 일단 저는 돌아가 볼게요!... 오래 걸리지는 않을 겁니다만! 환자 한 사람을 좀 봐줘야 하거든요!... 끝나면 다시 돌아오지요."

라고 나는 결정합니다! 나는 몽마르트르를 지나 돌아가야겠다고 생각했습니다!...

"꽃들은 안 가져가십니까?"

아, 꽃들!

"안 가져갑니다! 여기 두세요! 물병에 꽂아두세요! 말씀드렸잖습니까!"

"수국은 어떻게 할까요?"

"갈리마르 씨 사무실에 놓아주세요!"

"그렇게 해도 될까요? 정말 그래요?"

"둘이 아는 사이라니까요!... 다시 말씀드리지만! 그는 갈리마르 씨 손님이에요!"

"하지만 우린 이런 사람 본 적도 없는걸요!"

"제가 나중에 다 설명해 드릴게요!... 금방 돌아오겠습니다!"

나는 어쩔 줄 몰라 하는 그들을 뒤로한 채... 홀로 빠져나옵니다!... 대문을 지나서... 거리로... 폴짝!... 나는 약간 비틀거립니다... 밤입니다... 마음이 급합니다!... 급해요!... 내가 생각을 가다듬을 수 있는 곳은 오직 내 집뿐입니다... 바깥에서는 나는 아무것도 할 수가 없어요... 내 집밖에 없습니다!... 돌아갈 겁니다... 돌아갈 거예요... 꼭! 네, 돌아가서 내가, 내 손으로, 내 인터뷰를 정리할 겁니다! 내 집에서, 이 빌어먹을 인터뷰를!... 내 손으로 직접!... 대령이 잠에서 깼다고 한들 내게 뭘 해줄 수 있겠어요?... 맙소사! 그 레제다 대령이! 그에게서 조금은 모욕감마저 느꼈거늘! 여러분, 여러분이 증인이시죠?... 여러분께서는 다 보셨죠!... 목격하셨죠!... 모든 것을 본 목격자시지 않습니까?... 그가, 대령이, 어떻게 내게 도움을 줄 수 있겠어요! 잠에서 깬! 전혀 도움이 안 되지요! 지하철 이야기!... 감정적인 철길 이야기!... 택시!... 그가 이러한 이야기들을 정리한다면! 그리고 샤틀레 광장에서의 목욕 소동!... **문체의 혁명**! 그리고 영화의 죽음! 아마 겉멋만 잔뜩 들어갈 겁니다!... 내가 꼭 역겨운 말들만을 뱉어놓은 것처럼 되겠죠! 그럼 그걸 보고, 폴랑이! 가스통이! 그리고 다른 모든 이들이! 출판사 전체가! 나와 연을 끊게 될 겁니다! 이 역겨운 위선자, Y 교수, 대령! 그가 내게 얼마나 많은 증오를 쏟아붓겠어요!... 주정뱅이가!... 그가 술 마시는 장면을 보셨죠? 그런데 집에 가려면, 이제 택시를 잡아야 하는 걸까요?... 더는 열린 지하철 입구가 없습니다!... 지하철 끊겼어요!... 입구가 다 닫혔어요!... 나는 걸어가기로 했습니다!... 믿어지세요? 네! 도보로 갑니다!... 한밤중에 말입니다... 내가 이런 사람입니다, 이렇게 용감합니다... 레제다 대령과 마찬가지로 상이용사인 내가, 아니, 어쩌면, 레제다보다도 더, 아니, 확실히, 그보다 더 심각한 부상을 입은, 내가 말입니다!... 나를 정말이지 기진맥진하게 만들었고! 날 씹어댔고, 말하자면, 끝장을 낸! 저 썩어빠진 인터뷰어보다!... 삐딱한 허세꾼 같으니! 걸작급의 위선자!... 게다가 주정뱅이!... 좀 더 조심했어야 하는 건데! 아, 위험한 자식! 이러한 생각들을 나는... 거기서... 클리시 광장의 벤치에서... 했습니다... 나는 잠시 쉬고 있었어요... 몇 시 쯤이었을까요?... 2시?... 그런데, 그런데, 이제 어떻게 집에 가지?... 아, 꼭 집으로 돌아가고 말 테다! 일단 집으로만 돌아갈 수 있다면... 집필이야 그리 오래 걸리지 않을 겁니다... 내게 글 쓰는 일은 문제도 아니죠... 하지만 우선은, 쓰기 전에 생각을 가다듬어야 한단 말입니다!... 오래는 안 걸릴 겁니다, 네, 오래는 안 걸릴 거예요... 30분이면 됩니다... 하나 나는, 집 밖에서는 생각을 가다듬을 수가 없습니다!... 그런데 우리 집이라고?... 내 집?... 어디였는지 더는 잘 기억이 안 납니다!... 찾아갈 수 있을까요?... 찾아갈 수 없는 걸까요?... 확실한 건, 어쨌든 서둘러야 한다는 것이었습니다!... 서둘러, 뛰어! 다그닥 다그닥, 달려라, 멍청아!... 일단 집으로 가야 합니다! 그리고, 다시 나와서, 다시금 부랴부랴 파리를 가로지르는 겁니다!... 대령보다 먼저, 내가 폴랑의 집에 도착해야 합니다!... 폴랑에게로 가야 해요!... 대령이 잠에서 깨기 전에! 그가, 그 역시도 우리의 '인터뷰'를 써 내려가기 전에... 그다음으로는... 그다음으로는... 우리의 명사, 폴랑님을 만나 뵙는 겁니다! 그는 여전히 아렌느 거리[91]에 살고 있었습니다!... 세상에는 아직, 원형 경기장이 어디 있는지, 아는 사람들이 있는 것입니다! 어쨌든 갈 길이 멉니다!... 자, 자! 가자!... 카이사르! 루크레티우스, 그리고 루테티아... 원형 경기장! 그 원형 경기장들을 알아봐야 한단 말입니다 제에기랄!... 그게 조금은 유감스러운 일일 수도 있겠습니다만!

나는 폴랑에게 이렇게 말할 겁니다, "우리 둘이서 작업했어요! 여기 결과물입니다! 둘이서 합의한 거예요!" 그리고 가스통에게도 같은 말을 할 거예요, "대령은 지금 몸이 안 좋아요!... 어쨌든 그도 동의했습니다! 제가 그냥, 우리 두 사람의 사인을 하지요!"... 어쨌든 그러려면 내가 먼저 도착해야 합니다, 반드시! 반드시 말입니다! 내가, 원형 경기장에서든 아니면 그 밖에서든, 이 교활한 돼지 자식, 이 더러운 음모꾼의 관절을 확실하게 뽑아버려야 합니다!... 그런데... 어쨌든... 그가 혹 오늘 아침에 또 실금하지는 않았을까요?

---

91 아렌느 거리Rue des Arènes는 파리 5구에 위치해 있으며 고대 원형 경기장의 둘레 길이다. 1949년 아렌느 거리 5번지에 정착한 장 폴랑은 그가 사망할 때인 1968년까지 살았다. '아렌느Arènes'는 투기장과 극장을 겸했던 로마의 '원형 경기장'을 의미한다.

요컨대! 가장 중요한 부분을! 내가 맡아야 합니다! 정신을 놓아서는 안 됩니다, 내가, 내 손으로, 30쪽... 40쪽을 적어 내야 합니다!... 대담집을 내기에 충분한 분량을! 가독성 좋게 끔! 읽히게끔! 그리고 여타 대담집과는 달리, 절대로 '건조하지' 않게끔! 우리 인터뷰가 물론, 대단한 파급력을 갖게 되지는 않겠지요, 당연히!... 하나 그것은 적어도, 큰 인기를 얻고 있는, 우리 엘리트들의 기관지, **엘리트의 촉매** — 일루스트리부스 리뷰 뉴 뉴*Illustribus Review New New*,[92] 이르슈,[93] 드리외, 폴랑, 가스통, 우편 보내실 곳은... ——, 그에 누를 끼치지는 않을 것입니다...

깊은 숙고 끝에... 겸허히... 윌리엄 하비[94]는, "혈액의 순환"에 관한 논문을, 라틴어로, 10쪽 분량으로 써냈었습니다... 그는 그전에는, 두루 인정받는 이였고, 명예로웠으며, 왕의 총애를 받았었죠... 그런데, 언젠가부터, 그에게는 환자가 찾아오지 않았습니다!... 그의 집안은 폭삭 망했고, 그게 끝입니다!... 세상 전체가 그에게서 등을 돌렸죠!... 딸랑 그가 쓴 10쪽 때문에!... 그래서, 결론이 뭐냐고요?... 뭔가를 너무 짧

---

92 《신·신·프랑스평론*Nouvelle Nouvelle Revue Française*》에 대한 패러디.

93 프랑스의 시인, 소설가, 극작가, 샤를앙리 이르슈Charles-Henry Hirsch, 1870~1948를 말한다.

94 영국의 의사 윌리엄 하비William Havey, 1578~1657는 해부학 지식을 바탕으로 아리스토텔레스와 갈레노스의 기존 학설을 뒤집고, 혈액 순환에 관한 근대적 이론을 제창한 사람이다.

게 쓰는 것은 경계해야 한다는 얘깁니다... 갈릴레이도 마찬가지 경우잖아요!... 단 네 마디[95] 때문에!... 그가 어떤 꼴을 겪었는지요!... 어떻게 사죄해야 했던지요!... 자기가 내뱉은, 네 마디 말 때문에!... 얼마나 처절하게 무릎 꿇어야 했던지요!... 그래서 나는 내 원고를 재검토합니다, 다시금 읽어봐야 하는 겁니다!... 너무 짧은 표현을 경계해야 합니다... 대담집으로 발표될, 내 글 전체를... 하나 몇 번을 다시 읽어봐도 모자랍니다!... 아아!... 아!... 근데... 아니다... 어쨌든, 별일 일어날 리가 없습니다... 그럴 거예요! 이건 그 정도로 중요한 글이 아니니까 말입니다...

---

[95] 갈릴레오 갈릴레이가 법정에서 내뱉었다는 전설적인 이탈리아어 문구 "E pur si muove(그래도 지구는 도는걸)"를 말한다.

옮긴이의 말

'신경'을 있는 그대로, 당신은 당신을 있는 그대로 던져야 합니다, 당신을 그대로 제시해야 합니다!... 당신의 신경을, 있는 그대로!... (중략) 다 벗은 것보다도 더욱 적나라하게!... 속살까지!...
(76~77쪽)

문학 텍스트를 삶의 길잡이로 삼을 수는 없다. 그것은 때로 답 없는 질문이요, 때로는 질문도 되지 못한 탄식이다. 우리는 바로 그 질문과 탄식들에 귀 기울인다. 그것들이 우리 귀를 끊임없이 간지럽히기 때문에, 지겹게 풀리지 않는 의문으로 남아, 요컨대 사유를 자극하기 때문이다. 우리는 자문한다. 왜 쓰였는가? 무엇이, 어떤 아쉬움이 작가로 하여금 글을 쓰지 않을 수 없게 하는가? 어떤 텍스트가 계속해서 살아남는다면, 그것은 그 안에 남겨진 고통이 여전히 위로받지 못

173

하기 때문일 테다. 지나간 자들이 남겨둔 미련은 우리에게 와 과제가 된다.

셀린은 기이한 작가다. 본명이 루이페르디낭 데투슈Louis-Ferdinand Destouches인 한 전간기戰間期 작가의 생애를 잠시 되짚어 본다. 그는 1차 세계 대전에 용기병으로 참전하여 부상을 입었다. 기관총 포대를 향해 돌진하여 산화하는 동료들의 모습을 목격한 그는, 훗날 프로이트의 '죽음 욕동' 개념을 신봉하게 된다. 죽고 싶어 안달이 난 듯 돌아봄 없이 포화 속으로 뛰어드는 기병의 모습에서, 인간은 무의식적으로 '죽음'을 욕망한다는 가설에 대한 확실한 증거를 발견한 것이다. 1차 대전이 끝나자 의사 면허를 취득한다. 1932년에는 데뷔작《밤 끝으로의 여행》을 어머니의 성에서 따온 '셀린Céline'이란 필명으로 발표한다.《밤 끝으로의 여행》을 둘러싸고, 당시 팽팽하게 대립하고 있던 좌파와 우파 모두가 셀린을 자신의 편이라 착각하게 된다. 소련 여행에 초청된다. 공산주의 체제를 비판하는 팸플릿《내 탓이오》를 출간한다. 반유태주의 팸플릿들을 발표하기 시작한다. 친독 파시스트 문인들과 교류한다. 프랑스가 해방된 뒤에는 대독 부역자로 단죄받아 덴마크 감옥에 수감된다. 형기를 마치고 프랑스로 돌아온 셀린이 신작 소설을 발표하기 전 일종의 홍보용으로 기획한 책이《Y 교수와의 대담》(이하《Y 교수》)이다. 그러니 본

문과는 달리, 《Y 교수》는 갈리마르가 셀린에게 제안한 것이 아니라, 셀린이 갈리마르에게 제안한 것이 된다. 시골 외딴집에서 한적히 머무르며 집필 활동을 이어나간다. 간간이 라디오 매체와 인터뷰를 하지만, 소설가로서의 정체성은 한결같이 부정한다. 마지막 작품 《리고동》을 탈고하고 죽는다.

셀린에게서 느껴지는 기이함은, 서로 모순되는 것들의 태연한 공존에서 오는 아이러니의 감정에서 온다. 라디오 인터뷰에서 그는 스스로를 "단지 아파트를 사기 위해" 글을 썼을 뿐인 "의사"로 정의하고 있다. 그러나 그는 죽기 전까지도 손에서 펜을 놓지 않은 정열적인 소설가다. 부르주아들의 위선을 비판하는 데 온 힘을 쏟는 것 같다가도, 어느샌가 "하층민들miteux"의 악성을 까발리는 대목으로 넘어가 있다. 반유태주의를 표방하는 것 같지만, 유태인이라는 '죄명' 아래 그가 너무나도 다양한 계층을 고발하고 있기에, 유태인이라서 죄인이라는 것인지 죄인이라서 유태인이라는 것인지 구분하기 힘들다. 이러한 모호성이 《Y 교수》에도 적용된다. 지나치게 많은 느낌표로 일일이 강조되는, 셀린의 '외침'을 곧이곧대로 받아들이는 독자는 30년대의 좌·우파 인사들과 마찬가지의 실수를 범하게 되는 셈이다. "다 벗은 것보다도 더욱 적나라"하길 주장하는 그는 절대로 적나라한 사람이 아니다.

《Y 교수》에서는 크게 세 가지 아이러니를 들 수 있다. 하나씩 살펴보며 '직통열차'가 아닌 '우회로'가 놓이게 된 이유를 가늠해 보도록 하자.

언뜻 엉망진창처럼 보이는 《Y 교수》의 중심을 관통하는 것이 '지하철 유비類比의 아이러니'다. 셀린이 스스로를 지하철에서 영감을 얻은 천재로 규정하는 이상, 우리에게는 이 부분을 특별히 중요한 것으로 취급해야 할 이유가 있다. 셀린은 "발명"의 천재이고, 그 발명은 "테크닉"의 발명이며, 테크닉은 "글쓰기를 통한 입말에서의 감정 전달"이고, 그러한 글쓰기란 "지하철"의 글쓰기인 것이다. 그리고 지하를 달리는 셀린의 "직통열차"는, 곧아 보이기 위해 '강한 왜곡'이 가해진 "특수한 레일" 위를 달린다. 물속 굴절 효과로 인해 곧아 '보이는' 부러진 막대 이야기를 되새겨 보자. 곧아 보이기 위해 왜곡이 필요하고, 직통 열차가 되기 위해 특수한 레일이 필요하다는 것이 바로 지하철 유비의 아이러니이다. 곧아 보이기 위해서는 부러져야 한다. 셀린이 문장을 부수는 이유는, 온전하게 엮인 언어는 물의 굴절 효과와 같은 왜곡을 일으킬 것이기 때문이다.

셀린은 언어로 전달되는 '메시지'를 믿지 않는다. 그가 전달하고자 하는 것은 '감정'이다. 그런데 감정을 '직통'으로, 온전히 전달하기 위해서는, 언어의 왜곡을 피해야 한다. 문법적으로 완벽하고 매끈한 문장들은 부르주아의 문장이고,

거짓의 문장이다. 그래서 그는 산산조각 난 문체를 '발명'해 낸다.

그런데 그가 그토록 전달하고 싶은 진실한 '감정'이 '죽음 욕동'이라는 것이 문제다. 만약 진보주의의 의미를, 더 나은 내일에 대한 희망과 '창조'에 대한 기대로 본다면, 이 점에서 셀린은 결코 진보적이지 않다. 그에게 있어 글쓰기란 쓰고 싶어서, 또는 가치 있다고 생각해서 쓰는 것이 아니라, 쓰지 않을 수 없어서 하는 일에 가깝다. 서정 작가는 되고 싶어서 되는 것이 아니기 때문이다.

두 번째 아이러니는 서정 작가의 노출에 관계된다. 그는 서정 작가가 대중과 대립하고 있다고 쓴다. 그의 진정성이 대중의 눈에는 곧 외설이요 노출증으로 비친다. 서정 작가의 딜레마는, "나"를 드러내야 한다는 "장르의 법칙" 자체에 있다. 그 기도가 성공한다면, "서정적으로 된" 대중들은 무시무시한 살육전을 벌이게 될 것이고, 그 기도가 실패한다면, 서정 작가의 "나"는 참을 수 없는 무엇으로 배제되고 말 것이다. 그래서 그는 "법칙"에 따라 자신의 "나"를 더럽히고, "나"를 대중으로부터 "떨어뜨려" 놓는다. 그런데 글쓰기란 본래 소통을 위한 게 아니었던가? 혹은 셀린의 글쓰기는 혜안을 지닌 소수 독자만을 위한 것이란 말인가? 그렇지도 않다. 셀린에게 글쓰기의 문제는, 엘리트 독자와 대중 독자의 구분 따위를 넘어서는 보다 근본적인 문제에 속한다. 그에게 글쓰기란 '불가능한' 진정성의 실현이기 때문이다. 노출을 위한 은폐, 진정성을 위한 위장, 여기 셀린의 두 번째 아이러니가 있다.

세 번째 아이러니는 레제다 대령과 관계된다. 레제다는 누구인가? 그는 'Y 교수'로서, 셀린 신작의 첫째가는 잠재적 독자이기도 하고, 문자 그대로의 '레지스탕스'로서, 끊임없이 '읽기'에 저항하는 자이기도 하다. 대령Colonel이라는 계급의 어원이 군사용어로는 '종대'를 뜻하고 언론 용어로는 '칼럼'을 뜻하는 '콜론Colonne을 지휘하는 자'임을 상기하자면, 대령을 셀린에게 적대적인 비평가로 보는 것도 가능하겠다.

하지만 대령은 인터뷰가 진행되면 될수록 외려 셀린의 '가르침'을 그대로 따라 하는 것처럼 보인다. 그는 선생의 말에 충실한 학생처럼 보인다. 그러나 그러한 대령을 셀린이 조금도 믿지 못하고 있으며, 대령과 함께 가는 길은 온갖 장해물로 가득 찬 '우회로'라는 점에 세 번째 아이러니가 있다. 그렇다, 《Y 교수》 자체가 여러 가지 모순된 언급들로 가득한 작품이지만, 그중에서도 가장 눈에 띄는 것은 '바깥' 이야기가 안쪽 이야기를, 아니 차라리 담론discours을 배신한다는 점이다. 직통열차에 관한 '가르침'이 끝나자마자, 대령을 《신프랑스평론》 사무실까지 인솔해 가는 셀린의 길은 우회와 정지의 연속일 따름이고, 가까스로 대령을 눕혀놓고 돌아가는 길의 지하철은 모두 끊겨 있다. 대령을 부축한 채 예술교Pont

178

des Arts를 힘겹게 횡단하는 모습이야말로 글쓰기의 어려움, 글쓰기의 한계에 관한 가장 노골적인 유비라고 할 수 있지 않을까.

셀린은 '감정'을 가르친다. 그러나 그 가르침은 전수되어서는 안 될 가르침이다. 그는 자신의 말에 진정성이 있음을 믿지만, 그 진정성이 세상에 좋은 결과를 불러올 것이라고는 믿지 않는다. 왜냐하면 그에게 세상의 진리란, 지나칠 정도로 단순하게 이해된 '죽음 욕동'이기 때문이다.

대중은 히스테릭하고!... 거의 감정적이지가 않아요! 거의!... 대중들이 감정적이었다면, Y 교수님, 진즉에 더 많은 전쟁이 벌어졌을 겁니다!... 더 많은 살육이 벌어졌을 겁니다!... (30쪽)

이러한 상황에서 글을, 진정성 있는 글을, '머릿속에서 직접' 울리는 말을 빚어내겠다는 야심은 대체 누구를 대상으로, 어떻게 펼쳐져야 한단 말인가? 어쩌면 그건 이단 심문을 경계하는 신비주의자의 조심성과 열의로, 공포에 떨며 추구되어야 하는 이상이 아닐까? 그리하여 '변증법'을 부정하는 셀린의 글은 다분히 변증법적으로, 변증법 안에 감추어져, 지독한 헛소리 같은 아이러니의 형태로 '언어'를 얻는다. Sic et Non(그러면서도 그렇지 않다), 휘었으면서도 곧다, 적나라하지만 은폐되었다, 그리고 "이건 그 정도로 중요한 글이"

아니지만 어떻게든 탈고해 낸다.

아이러니의 '우회로'는 결국 감추면서 드러내야 하고, 벗으면서 껴입어야 한다는 불가능한 과제를 위해 요청된 길이다. 우리는 비로소 셀린의 탄식을 이해할 수 있을 것 같다. "죽고 죽이기tuer et se tuer"라는 무서운 진실을 깨달아버렸다는 공포, 그러한 진실을 더는 숨겨둘 수 없지만, 폭로하기 위해서는 자기 목숨을 걸어야 한다는 두려움, 셀린은 그러한 두려움을 글쓰기로 버텨낸 인간이다. 그러한 비탄을 우리가 끝내 잠재운 것인지 다시금 생각해 볼 일이다. 21세기다. 그런데 정말로, 셀린의 시대는 지나간 걸까.

이주환